AF427753

« Peut-être que c'est cette nuque qui l'a décidé à s'assoir à côté d'elle, la fragilité de cette nuque ployée sous la masse des cheveux humides. »

 Alan Bryan accomplit un dernier job de secouriste avant de débuter sa carrière de médecin pédiatre en hôpital : un avenir tout tracé dont il élimine mariage et enfants ; il décompresse d'un dernier stage éprouvant lorsqu'il rencontre une étrange fille aux yeux « qui voient plus loin « : d'elle il aime tout, envisage une liaison sérieuse pour la première fois de sa vie.

 Quelques jours avant la fin des vacances, elle disparaît.

 Commence alors une quête, guidée par un énigmatique avocat d'affaires : il se heurte à l'épidémie de choléra dans l'île de M., aux méandres d'un passé trouble, se confronte à la pratique de crimes rituels dans un singulier pays : l'enfer, oui et après ?

Fyona écrit des romans et des poèmes
en prose parce qu'elle aime les
histoires , celles qu'on lui raconte ,
celles qu'elle se raconte après avoir
vécu plusieurs années à l'étranger et en
outre-mer.

Table des matières :

Toute ressemblance avec des personnages ou des situations réelles serait purement fortuite.

Chapitre un

Le quatre juillet 2008, à huit heures quinze du matin, elle déchiffrait son nom dans la liste des admis au bac, série littéraire, avec mention très bien.

A huit heures quarante-cinq deux gendarmes dont une femme, lui annonçaient que ses parents avaient eu un accident de voiture dans la nuit, sur la nationale : en doublant, ils avaient été percutés par un poids lourd, et n'avaient pas survécu.

Elle avait eu dix-sept ans le trois avril.

On l'avait amenée dans un bureau dont l'odeur aigre de produit ménager s'imprégnerait dans sa mémoire. Une femme l'avait interrogée sur sa famille, sans obtenir de réponse ; on lui avait tendu un sandwich et un verre de jus de fruit, elle n'avait pas touché au sandwich. A dix- heures trente l'avocat de son père était arrivé : il avait signé plusieurs papiers puis l'avait hébergée dans sa résidence de vacances. Elle se souvenait de la lumière crue du ciel d'été, du bruissement des insectes. Il lui avait désigné une chambre, une de celles dont elle aurait rêvé la veille. Elle avait dormi toute la journée. Le soir, une domestique lui avait porté un plateau repas ; affamée, elle avait dévoré le poulet, les frites, la part de gâteau au chocolat puis avait vomi dans les toilettes avant de se rendormir, avec un goût de bile âcre dans la bouche.

De la journée du quatre juillet, elle garderait l'odeur du commissariat, les éclats de lumière, et l'amertume de la nausée.

Tout avait été très vite : Il avait réglé les obsèques, puis lui avait annoncé qu'il serait son tuteur légal jusqu'à sa majorité, qu'il prendrait en charge ses études. Elle avait signé un acte par lequel elle renonçait à l'héritage de son père, soit cinq cent mille euros de dettes, avait validé son inscription en faculté de droit et s'était remise à lire le roman commencé le premier juillet, abandonné à la page cinquante, « La princesse de Clèves »

Alan Bryan s'ennuyait : cet été 2012 marquait son dernier job d'été, avant d'être affecté en poste de médecin spécialisé en pédiatrie. Avec Alex, son coéquipier, il surveillait la plage depuis le poste de secours. La station balnéaire en bordure d'Atlantique comportait un hôtel moderne, classé quatre étoiles, un camping, une boîte de nuit, quelques bars. Eprouvé par un dernier stage, où la plupart des patients étaient en sursis, il avait un seul désir : se sentir vivant. Chaque nuit, il faisait l'amour à une de ces filles qui attendaient sa sortie. Jamais la même, bien qu'il ait l'impression qu'elles ne fassent qu'une seule, avec des shorts en jeans, des hauts dégageant un ventre plat, et des poses de femmes libres. Alex, un littéraire, lui avait fait remarquer qu'il les testait comme des souris de laboratoire.

Ils s'étaient détestés d'abord, mesurant subrepticement leur potentiel de séduction, puis avaient sympathisé : ils avaient vingt-neuf ans, on était le cinq août et dans trois semaines, ils rentreraient dans la vie active. Alex croyait à l'amour, citait des exemples allant de Tristan et Iseut à Belle du Seigneur, lui considérait que le mot recouvrait un jeu des hormones. Entre midi et quatorze heures, il partait nager en solitaire, dans une zone interdite à la baignade : l'eau s'ouvrait comme les cuisses d'une femme qu'il pénétrait d'un mouvement ample et régulier. « C'est quoi ton genre de femme ? « murmurait Antoine, dont la voix s'affaiblissait de jour en jour. « Brune, pas compliquée «. « J'aimerais une fille, même compliquée « avait balbutié Antoine. Il lui avait tenu la main dans la dernière nuit.

Les jours se succèdent, identiques : les vacanciers obéissent à un rituel immuable : vers neuf ou dix heures, on descend vers la plage, à midi, on prend un repas dans la salle à manger de l'hôtel, puis vient l'heure calme : celle de la sieste ou de l'amour, avant de reprendre le chemin de l'océan, les uns armés de pelles, seaux, bouées, d'autres de parasols, tapis de plage, matelas gonflables. Les soirées sont consacrées aux jeux de société, aux promenades le long de la jetée. Les adolescents se regroupent sur la plage, crient, échangent des bières, avant de se défouler dans la boîte de nuit. Sa chambre donne sur un poste de secours surmonté d'un drapeau de couleur, vert, orange, rouge.

 Deux bouées rouges délimitent la ligne au -delà de laquelle on ne s'aventure pas : un courant sournois entraîne impitoyablement vers le large où les vagues s'enflent vers les récifs. Il cligne des yeux, aperçoit un point sombre qui s'éloigne : un nageur inconscient contre lequel il peste avant de nager vigoureusement. Merveilleuse machine le corps obéissant, qui régule le souffle, machine qui se détraque aussi au moindre grain de sable grippant un des rouages.

 Un nageur allongé dérive, les bras écartés : pas maintenant, pas encore, supplie-t-il, en s'approchant : une femme avec de très longs cheveux dénoués. « Vous n'avez pas le droit, pas le droit de me faire ça « : il est en colère, il a crié, elle s'est retournée vers lui, il l'a attrapée par le bras, l'a tirée vers le bord, avant de la libérer sans un mot. Elle s'est recroquevillée, les genoux contre la poitrine, la chevelure sur le côté, immobile. D'elle, il ne voit que le dos, la nuque pâle où frisottent quelques cheveux. Peut-être que c'est cette nuque qui l'a décidé à s'assoir à côté d'elle, la fragilité de la nuque ployée par le poids des cheveux humides.

Lorsqu'elle tourne son visage, il ne la trouve pas jolie : les yeux clos, la peau fripée par l'eau de mer, les lèvres sèches et décolorées, elle a l'air d'une morte et ce n'est pas joli une morte, un mort non plus. Cet endroit est à lui, préservé de toute souillure, elle est de trop.

—Je vais vous raccompagner en ville parce que …

Elle ouvre les yeux : il se tait devant ce bleu limpide, ce regard absent qui croise le sien, semble lui reprocher d'être intervenu, d'être un intrus dans son jeu avec l'océan puis elle se lève, découvre un corps menu, à peine doré, se dirige vers un buisson, en sort un sac d'osier, une robe blanche qu'elle enfile sans se sécher, et une bouteille d'eau qu'elle lui tend.

—Le courant est mauvais, reprend-il, troublé par le vêtement collé à la peau, il entraîne vers les récifs, mais— et il s'interrogera toujours sur les raisons qui lui dictent ces mots— si vous voulez, on peut nager ensemble, entre midi et quatorze heures.

—Vous ne voulez pas de mon eau ?

Le ton de reproche le met mal à l'aise, il boit une gorgée, et soudain, alors que rien dans le contexte ou dans son attitude ne le laissait prévoir, elle sourit, timidement, comme s'il venait de lui faire un cadeau extraordinaire, puis elle reprend : « Demain, je ne peux pas, mais après -demain. Midi ? « Et elle s'éloigne, en levant les pieds nus, évitant les ronces, un pas semblable à une danse plus qu'à une marche. Il la suit du regard, à un détour, elle disparaît et le lieu lui paraît vide. Il se secoue, et hausse les épaules : sans lui, elle serait dans les profondeurs, déchirée par les rochers, les yeux dévorés par les crustacés, ceux que l'on servira aux touristes dans deux ou trois jours, la nuque lacérée, brisée, marionnette gisant sur un tapis de mousses spongieuses, gluantes, collées comme une seconde peau.

Alex lève les yeux d'un livre sur les ordres monastiques :

—T'as l'air tout chose, remarque-t-il.

Son équipier se passait la tête sous le robinet d'eau glacée, ce que lui n'aurait jamais fait : Alan aurait une migraine et ne serait plus opérationnel : au stage, il avait appris les premiers gestes de secours, mais il n'imaginait pas dégager les voies obstruées d'un noyé, avant d'appliquer ses lèvres sur une bouche violacée. Alan Bryan était une bénédiction : il avait l'art de faire rire une gamine au genou entaillé par un rocher dont il nettoyait la plaie, après avoir mis gentiment les parents hystériques à la porte.

—Une imbécile qui nageait au-delà des balises. Je l'ai ramenée sur la plage. Après-demain, elle nagera avec moi, ce sera plus sûr.

—Plus sûr par rapport à quoi ?

—Plus sûr, c'est tout.

Alex l'examine : il n'est pas dans son assiette.

—Une femme ? elle valait le déplacement au moins ?

—Une vingtaine d'années, mince, mais des yeux bizarres, un peu comme des yeux d'agonisant. Pas bavarde. Je lui ai fait la morale. Quand elle marche, on dirait qu'elle ne touche pas le sol.

—Une sirène ? Méfie-toi. Elles t'entraînent au fond de la flotte parce qu'elles souffrent sur la terre.

Un éclat de rire répond à son interprétation : l'inconnue n'avait pas de queue de poisson. Décidément Alan Bryan ne comprenait rien au romantisme : il refusait le mariage, la vie en couple, contraire aux instincts, génératrice de frustrations, la procréation et l'installation en cabinet ; le reste était une question d'hormones. Alex aurait adoré avoir une plaque dorée, et un aquarium dans la salle

d'attente : « Un aquarium ? d'où tu sors ça ? « .
C'était scientifiquement prouvé : la vue des poissons
ouvrant et fermant la bouche dans le silence
détendait les patients. « Possible, avait-il baillé en
reprenant un livre, « L'éventreur du lac «.

—C'est bien ?

—Non : il commet des erreurs en anatomie. Et toi ?

—Passionnant : la règle du silence dans l'ordre des
Bénédictins.

Une fille aux cheveux bouclés, en maillot
microscopique pointe son visage dans l'ouverture de
la porte : « Salut mon homme, j'ai mouillé comme
une folle toute la matinée : tu viens ce soir sur la
plage ? » Le beau ténébreux cligne des yeux, une
couleur entre le gris et le bleu : il ne semble pas la
reconnaître, « la nuit tous les chats sont gris ou si tu
préfères, je ne fais pas trop attention, on en arrive
toujours au même point «.

—Peut-être, finit-il par répondre, mais tu vires : on
travaille là.

Elle était partie avec une moue boudeuse. Alex
n'appréciait pas ce comportement : elles étaient
jeunes, pleines d'illusions, il devait y mettre des
formes.

—Les formes ? elles discutent de baise avec des termes physiologiques à te faire débander, tout juste si elles ne chronomètrent pas ta performance. On se paie une dose de dopamine, après on se trouve dans le même état mais c'est toujours ça de gagné.

Alex se tait : il n'est pas mûr, songe-t-il, pas prêt à la passion ; lui l'avait vécue avec une prof de fac, il en était malade : dès qu'elle discutait avec un collègue, le style intello, lunettes rondes et écharpe rouge, il se répandait en lamentations : elle n'était avec lui que pour la baise etc... au bout de six mois, elle l'avait mis à la porte. Depuis il se traînait.

La fille sur lui, passif, la tête dans les étoiles, avant qu'il ne prenne l'initiative puis lui déclare que c'est terminé, qu'il a rencontré une autre femme, qu'elle est jalouse, qu'il tient énormément à elle, qu'il ne la trompera plus. Les questions se succèdent : une du groupe ? elle baise mieux ? il se soumet ? Il se retient de rire : au lit, on verra dans deux ou trois jours, pense-t-il, pendant qu'en colère elle rejoint les autres ; tout en remettant son jeans, il revoit la robe blanche collée au corps menu, la nuque où frisottent quelques cheveux : deux ou trois jours pour plier cette nuque vers lui. A une centaine de mètres le groupe est en grande discussion : on lui annonce que pour punition, il se baigne à poil maintenant. Puéril ...

il se déshabille sous les huées, s'éloigne dans l'obscurité assez loin puis dérive, rêveur : les fenêtres de l'hôtel s'éteignent les unes après les autres. Lorsqu'il regagne la rive, Alex l'attend :

—Elle voulait te cacher tes choses : tout nu, zizi rabougri, carrière fichue, merci qui ?

Il s'étire, demain, il ira nager en zone interdite, on ne sait jamais. Une nuit avec elle et il serait débarrassé.

—Débarrassé ? avait grogné Alex, tu crois ?

—Evidemment, j'ai toujours fonctionné comme ça.

Inutile de lui suggérer que l'inverse pouvait se produire, et que la copulation, pour employer son terme, était potentiellement addictive avec une partenaire en phase.

La nuit, il l'imagine la tête renversée, les yeux extasiés, avant de sombrer dans un sommeil de brute. Le lendemain, il s'ennuie, compte les heures, houspille Alex pour un rien avant de se diriger vers son endroit préféré, avec un espoir absurde de l'apercevoir nager vers la bouée.

Déçu ou soulagé ? l'étrangère n'était pas en zone interdite ; il est parti flâner en ville avant de regagner

le poste de secours. Le brouhaha des jeunes l'irrite,
Alex hurle « Vos gueules, y a en a qui bossent ! « . Il
s'ennuie, sort pour fumer : de l'autre côté de la rue
s'étale la terrasse de l'hôtel, un homme seul semble
attendre : en costume d'été, d'un claquement de
doigts, il fait signe à la serveuse, commande deux
verres : un rendez-vous ? Il éteint la cigarette dans le
sable, fourre le mégot dans sa poche et rejoint Alex :
ce soir il ira dans les dunes avec une jolie brune qui
se prêtera à tous ses petits jeux, histoire de passer le
temps   Le sable dessinerait des figures étranges sur
la peau fragile entrevue quand elle est sortie de
l'eau. Son esprit vagabonde dans son intimité la plus
secrète : qu'accepterait-elle de faire avec lui ? on le
rappelle au présent : « Tu penses à quoi ? ». Il manie
les seins opulents, glisse sa main là où il faut, et là où
elle ne s'y attend pas. « Tu veux ? je ne te force pas :
on fera doucement «. Elle a un rire qui sonne faux :
jouissance bruyante, un peu trop, pour que plus bas
on l'entende, on sache qu'elle prend son pied.
Quand elle les rejoint, elle raconte. Il s'en fout : son
inconnue sera-t-elle au rendez-vous ? il la prendra
sur la plage, il étendra sa serviette, dans un coin à
l'ombre, lentement, elle gémira, en attente.

La nuit a effacé la morosité de la journée
précédente : levé tôt, après une douche froide, il se
dirige vers le bar de la plage, la Paillote, où Ludo,
écouteurs branchés, se déhanche. Un pincement au

cœur inattendu : elle est là, assise, absorbée par un livre, les cheveux blonds nattés, dans une robe bleue désuète. Si elle attend d'être servie, elle peut prendre racine. Il tape sur l'épaule du serveur, commande deux citronnades avec des pailles rouges et sans réfléchir va vers sa table :

—Offert par la maison.

Elle a eu un léger sursaut, a levé les yeux qui le troublent, tels ceux d'une aveugle.

—Vous me sauvez la mise, merci.

Il s'est assis en face d'elle qui aspire la boisson à petites gorgées avant de poser la question directement :

—Alors ? dites-moi ce que j'ai le droit de faire ou non.

Pris de court, il se passe la main dans les cheveux, suit son intuition : elle n'a aucune intention de le rejoindre dans la zone interdite : mauvaise période ? habituellement, cela ne le dérange pas mais une première fois serait délicate et puis les femmes sont souvent trop sensibles, et n'aiment pas toujours.

—Je vous expliquerai mais pas ici : vous accepteriez de manger au restaurant ce soir avec moi ?

Et plus si affinités, mais il garde ça. Elle hausse les sourcils, répète : « au restaurant ? ce soir ? oui, pourquoi pas ? A l'abri ? «

A l'abri de quoi ? il acquiesce. Elle ajoute :

—Vingt heures ? je vous attendrai devant le manège. A tout à l'heure, désolée pour le cours de natation.

Facile, trop peut-être ? ce qui est meilleur, c'est l'attente, pense-t-il en la quittant, quel regard tu dois avoir quand tu jouis ! Quel cours de natation ? Elle se moque de lui mais a bu tout le verre, ses lèvres arrondies autour de la paille. Son imagination se fait la malle : il en a eu des filles, alors ? Elle n'a rien d'extraordinaire, des seins menus juste de quoi remplir la paume, et il a une prédilection pour les poitrines généreuses. Un restaurant : il va payer un resto « à l'abri » juste pour des yeux de camée, une blonde en plus, alors que les brunes sont plus dans ses goûts.

—Tu connais un resto à l'abri ? Alex, je te cause !

Ce dernier fait défiler des adresses sur son portable : « Le petit Dauphin : chic, serveurs empaillés, portions réduites, cher. On passe. Pizzeria, banal et fréquenté. Mac Do, avec un château gonflable ? Je rigole : Le Taj Mahal, indien à quinze kilomètres, prix corrects, épices inclus : je réserve pour deux ? c'est ok. Tu progresses, le resto en avant-goût, vu que tu es radin, ça m'épate. »

—Je ne suis pas radin : on était sept, on nous a habitués à gérer un budget et ce n'est pas ce que tu crois.

—Sept ! dans des lits superposés et tu as fait médecine ?

—Des lits superposés ? mon père était entrepreneur du bâtiment et on avait chacun une piaule, même une villa sur la côte.

—Ne te hérisse pas : moi je suis le numéro cinq, celui de trop : quatre mecs avant moi, plombier, garagiste, spécialiste en couverture et charpentes, et électricien. Tous bien installés, baraque, femme, gosses, balançoire. On m'a expédié chez ma mamie : « Alex fais des études « qu'elle m'a dit. « Tu auras un bon métier pas fatigant «. Résultat : à vingt-neuf ans, j'ai une tonne de bouquins sur le haut Moyen-âge, pas un rond, si je finis ma thèse, j'enseignerai en première année pour un salaire minable. Tu ne m'écoutes jamais !

—Je t'écoute : elle a des yeux où on a envie de plonger.

—Ouais, ben ne te noie pas : à moins que ce ne soit platonique : pas d'ébats sexuels si tu préfères.

—Je n'y pense pas. Je mets une chemise, un tee-shirt ? Rasé ou pas ?

—La chemise est plus classe, mais on se débat avec les boutons, le tee-shirt est pratique mais négligé. Tu as des sous-vêtements propres ? Je peux te prêter un pack de chaussettes, dix pour le prix de deux, le reste est perso. Rasé ? non : ça fait aventurier, viril : elles rêvent toutes du dur à cuire qui fond en guimauve devant elles.

—J'ai spécifié que je n'y pensais pas, je pourrais même ne pas y aller, rien que pour voir sa tête.

 Alex soupire : il avait franchi le cap de l'adolescence ? et s'il n'y allait pas, il ne verrait pas sa tête, logique, non ?

 A l'heure dite, elle était à l'endroit convenu, penchée sur des sandales argentées dont elle renouait avec soin chaque bride. Une robe violette rehaussait la blondeur de ses cheveux massés sur la nuque, et un bijou, un pendentif avec une pierre rouge foncé, sertie de brillants, cerclait le cou. Il avait emprunté la voiture d'Alex, nettoyée à fond des packs de choses insolites ; il lui ouvrit la portière : on allait à une dizaine de kilomètres, à l'intérieur des terres, si cela lui convenait : « Très bien « avait-elle répondu. Pendant le trajet, elle contemplait le paysage, la robe tirée sur les genoux, sage et confiante : pas de questions sur ce qu'il faisait dans l'existence, ni sur son séjour dans cette station : dépité, il avait pensé « Moi ou un autre, ce serait pareil » avant de prendre conscience que somme toute, son silence était moins gênant qu'une série de banalités. Le restaurant était décoré de boiseries sculptées, imprégné d'odeurs d'épices et d'encens. Peu de clients, des tables protégées par des paravents, Alex avait tapé dans le mille. Elle avait examiné le menu puis commandé, il avait pris comme elle, approuvé un rosé frais, on leur avait servi des petites graines parfumées. Il ne savait pas par où commencer, empoté comme pas un. Qu'est-ce qui le paralysait chez elle ? son élégance discrète, le bijou ?

—Je suis impatiente de connaître mes limites, prononça-t-elle lentement, en disposant quelques graines en rond sur son assiette, dites-moi.

 Si elle avait été une autre, il lui aurait répliqué que ses limites, on les découvrirait dans plusieurs positions et assez vite mais il résuma : la perfidie du courant, son job d'été, l'importance de la vie, interrompu par le serveur qui déposa deux plats.

—Je vois, reprit-elle, vous avez fait votre métier.

Cassé, en une phrase, il demeura sans voix, elle poursuivit, lui tendant une perche :

—C'est très bon, vous connaissez l'Asie ?

Il avait eu un an pour voyager en Amérique du sud, évoqua quelques péripéties et elle ? elle appréciait les voyages ? la station lui plaisait ?

—Je ne sais pas trop : cela m'est égal en fait, j'aime l'océan, c'est l'essentiel.

Plus détendu, il rappela sa promesse de l'emmener en zone interdite, le lendemain, ou si elle souhaitait, nager la nuit : pour la première fois, il eut l'impression qu'il l'intéressait, elle reprit « nager dans la nuit ? nous le ferions vraiment ? un thé suffira, comme dessert. » Pile dans son budget, il lui aurait volontiers pris la main par-dessus la table, mais après avoir avalé le thé, elle s'était levée.

Il avait réglé l'addition pendant qu'elle se dirigeait avec précaution vers la sortie, où elle alluma une cigarette, lui en offrit une. Devant l'hôtel après un retour aussi taciturne que l'aller, il lui dit « demain ? midi ? » elle avait hoché la tête, puis s'y était reprise à deux fois avant de taper le code d'accès et avec un « merci, j'ai bien aimé «, elle avait disparu dans la pénombre du hall. Dépité ? non, enfin si : il aurait voulu plus que ce « j'ai bien aimé ». Quant au reste, elle était étrangement belle dans la lueur des bougies. Finalement, il n'avait rien appris à part son amour de l'océan.

—Alors, cette soirée ?

Alex reprend ses clés de voiture et lui tend une bouteille d'eau.

—Très bien, décor super, plats excellents : pourquoi tu te marres ?

—Parce que tu as fait flop sinon tu aurais les cernes autour des mirettes.

Il hausse les épaules : ce n'était qu'un repas, histoire de faire connaissance, pas une partie de jambes en l'air. D'ailleurs, ils ont rendez-vous à midi pour nager.

—Super ! elle s'appelle comment ?

Il l'ignore, ce n'est pas important.

— Espérons que ce n'est pas Germaine, ça enlève le charme. On a un type qui ne bouge plus et des gens autour, faudrait peut-être qu'on y aille.

Ils ont gentiment dispersé l'attroupement, Alan prend Alex à part de l'épouse dans tous ses états : « appelle le Samu, grouille. » Le malheureux est embarqué avec sa femme sous les regards curieux des plaisanciers. Alex fait une série de pompes, pour déstresser : « c'est grave ? un infractus ? »

—Infarctus, corrige Alan.

—Il va s'en tirer ? C'est moche.

 Son équipier lève les yeux au plafond : aucune idée, il n'est pas non plus tout jeune, il a vécu.

—Putain ! t'es blindé, pas de pitié ? j'ai une pointe au cœur.

 Il prépare ses affaires, serviette, eau minérale : qu'il fasse deux autres séries, si ça persiste, il lui prendra un créneau pour l'examen complet.

—Connard ! depuis ton arrivée, je suis hypocondriaque.

 Un rire : » Deux ans à me trouver toutes les maladies : j'ai débuté par un cancer des os qui s'est généralisé, puis une hépatite, et j'ai fini par une fièvre tropicale inconnue en Europe sans oublier une maladie sexuellement transmissible dont j'étais le premier à être atteint «

—Et tu es vivant ? tu crois que l'hygiène de vie est importante ? tu sais, manger les légumes, bouger, pas fumer, jeûner aussi ?

—C'est le hasard, la génétique aussi. Sûr que fumer coûte cher au prix du paquet, je rigole, c'est bête, j'ai commencé la clope dans un service où se trouvaient

…

—Stop ! tais-toi. Prends mon paquet, la moitié, je change de vie, là, tout de suite : plus de sucre, plus de conserves, plus de bière, plus de baise, méditation, yoga, tisane et œuf à la coque.

—Bizarre de s'empêcher de vivre pour vivre : je m'en vais, il est onze heures trente-cinq minutes.

—Et si j'ai un autre mal barré ? Tu entends ?

« Il n'écoute rien, il est parti : génétique en plus. Mamie a quatre -vingt-six, papy est parti à quarante-deux, mais ça ne compte pas, c'était avec une jeunesse. Et tonton Alphonse a quatre -vingt, ce n'est pas si vieux : il faudrait un centenaire, un record de longévité : ou alors j'oublie ma date de naissance ? «

Assis, torse nu, il se donnait une contenance, consultait sa messagerie. Elle portait un haut blanc et une jupe noire bouffante : on aurait dit une campagnarde en costume de fête, il ne manquait que le chapeau de paille, mignon tout de même.

—Je suis en retard ?

Ne pas lui donner l'impression que lui était en avance, et disponible, surtout pas : il venait d'arriver, en avait pour deux minutes, le temps de lire pour la vingtième fois le message de sa sœur cadette, Sylvia qui se résumait à « bien arrivée à NY : nul ». Elle était dans l'eau déjà, il la rejoignit : elle nageait bien, sans effort, il la dépassa en désignant les balises : « on fait la course ? ». Quelques minutes plus tard, il tourna la tête : elle avait regagné le bord et s'était étendue. Il avait présumé de ses forces et se hâta de la rejoindre :

—Un coup de fatigue ?

—Non, les yeux : je supporte mal la réverbération et j'ai oublié mes lunettes de soleil.

—Je peux examiner ?

 Ils larmoyaient, en effet, il prit un mouchoir en papier, l'imbiba d'eau minérale : « cela devrait calmer, mettez sur les paupières ». Elle obéit pendant qu'il contemplait l'horizon pour se donner une contenance mais elle s'était redressée : la taille creusée, les hanches arrondies évoquaient un instrument de musique, un violon ? Alex corrigerait à son retour : « un violoncelle, tu as l'ambition d'être un archet ? ». Connard celui-là avec ces images … ses jambes sont longues, le ventre juste bombé, une peau à s'attraper des coups de soleil, des cheveux jusqu'au bas du dos, plus foncés après le bain : la sable dessine des lignes sinueuses sur les cuisses , le dos , très bien le dos, les bras : elle tapote, sûr que

des grains se sont glissés dans les fentes, mais là pas
de tapotements : dommage , on aurait pu enchaîner
en baissant la culotte du deux-pièces : « Attendez, je
vais vous aider , c'est très désagréable , on peut aussi
être irrité . » Mais il la boucle, la serviette sur son
épaule.

—Je vous ai encore gâché la matinée, dit-elle, en
enfilant sa tenue à même sur le maillot.

—Rien n'est gâché, je vous raccompagne, ça vous
dirait de manger du poisson grillé au port ? attention
à la ronce, vous alliez trébucher.

 Elle poursuivait le chemin, et à l'entrée de la station
répondit : « Vous prenez des risques en m'invitant, je
suis très maladroite : je pourrais m'étouffer avec une
arête ou renverser un verre sur une voisine «.

—On s'assurera qu'il n'y aura ni arête ni voisine :
vingt heures ?

—Vingt heures, devant le manège, oui.

Le port avec les restos maintenant ? un petit calcul
rapide : ça va plomber le budget ; s'il s'agit de baise
et il est question de baise, autant aller dans les dunes
avec une nouvelle : gratuit, sans trop de chichis : une
arête coincée : un de ses doigts trifouillant dans la
gorge sous le regard ahuri des autres : charmant.
Trop tard, il l'a invitée, elle a dit « vingt heures ».

L'après-midi n'en finissait pas. Alex sifflotait en calligraphiant leurs noms sur les bouteilles d'eau minérale, il sortit pour observer la terrasse de l'hôtel : il l'aurait reconnue entre mille à cette façon de marcher comme si elle ne touchait pas terre. Elle portait une robe sombre, et des lunettes de soleil : elle se dirigeait vers la table de l'inconnu en costume clair : il avait commandé des boissons, il lui parlait, elle écoutait, parfois approuvait d'un hochement de tête. Son père ? il avait bien l'âge. Un quart d'heure plus tard, elle s'était levée et avait regagné le hall pendant que le type payait les consommations. Alex lui tapa sur l'épaule : « Caneton, on a un mec qui pleurniche avec une épaule mal en point : si tu daignais, toi, l'homme de l'art, vérifier «

—Je crois qu'elle a un père.

—Certainement, une mère aussi, tu veux bien monter ? on ira doucement.

—Pourquoi tu me parles comme à un malade ?

—Parce que l'amour est une maladie.

—N'importe quoi … on y go. Une épaule démise, ce n'est pas sorcier.

Elle lui avait confié aimer les ports, les promesses
d'aventures qu'ils recélaient, il avait songé que
d'autres aventures étaient plus excitantes, mais avait
approuvé. Puis ils s'étaient promenés le long de la
jetée, et il l'avait raccompagnée. Sa voix le hantait,
mélodieuse, suave avec des fois un accent plus
grave qui lui hérissait l'échine.

Le lendemain, ils avaient nagé la nuit, elle s'était
abandonnée aux vagues, plus pâle dans la
pénombre. Sur le rivage il l'avait enlacée enfin, elle
était mûre :

—J'ai envie de toi.

Sans se dégager, elle avait dit : « Non, on se ferait du
mal «. Il avait insisté : « u bien aussi, tu ne crois
pas ? » Et elle avait hésité : « je ne sais pas «. Ce
n'était pas exclu, et il avait esquissé un pas de danse
sur le béton du poste : si elle cédait, il serait content.

Ce soir-là, elle avait une robe à fleurs, et il lui avait
proposé, honteux de ce lieu commun, de visiter sa
chambre, une chambre nettoyée le matin, draps
propres, linge sale dans un sac, bouquet planté dans
un vase, préservatifs dans le tiroir du chevet. Elle
avait pris sa main, et il avait pensé « On va cueillir ta
fleur ? » puis avait regretté son cynisme. Il l'avait
embrassée longuement, prémisses prometteuses
puis l'avait entraînée sur le lit, prenant son temps,

caressant les seins, dont le bout durcissait, effleurant la peau satinée du ventre, des cuisses, errant sur le sexe épilé, ce qui l'avait fait sourire : sensuelle, habituée aux gestes, elle n'avait manifesté aucune réticence devant le préservatif avant de replier les jambes. Dommage, il aurait préféré plus d'obstacles, elle suivait son mouvement jusqu'à ce qu'il se rende compte qu'elle, elle ne jouirait pas. Comédienne ? il s'était retiré pour observer sa réaction et elle avait eu un geste inachevé, vers son propre sexe. Doucement, il avait dirigé sa main : « Fais-le, montre-moi «. Elle s'était caressée, il avait pris la suite puis ils avaient sombré tous les deux : et son plaisir avait décuplé le sien. Blottie contre lui, elle s'était endormie d'un coup. « Une éducation à refaire, songeait-il, on ne t'a pas appris à jouir pour toi ? premier orgasme de cette façon ? » il était fier comme un jeune coq de l'avoir révélée à elle-même : il lui apprendrait à surmonter la peur au dernier moment où le corps prenait ses droits. Le corps, son domaine, souillé, mutilé, corps souffrant, corps écartelé par la jouissance avec les mêmes gémissements que dans la douleur. Une heure après, elle l'observait : « Encore ? « avait-elle murmuré. Et ils avaient recommencé, en plus intense comme s'ils venaient de naître sur un rivage inexploré. Beatrix, elle s'appelait Beatrix, un prénom lourd de promesses. Au petit déjeuner, elle avait des yeux immenses cernés de bleu, la lèvre inférieure enflée d'un bouton de fièvre, sa marque à lui.

—Cela ne t'a pas gêné ?

Il tira le rideau, ses yeux clignaient à la lumière crue du matin.

—Qu'est-ce qui m'aurait gêné ?

Elle n'osait pas. Il acheva la phrase : « que tu te caresses ? Non, au contraire, c'est excitant. Tu as eu du plaisir, moi aussi, le reste, on s'en fout «. Elle reprit, inquiète : « Cela ne remet pas en question ta virilité ? « Quelles expériences l'avaient amenée à ce stade de soumission ? il réfléchit : l'image de la sexualité dominée par l'homme, l'orgasme féminin exclusivement provoqué par la pénétration, les films où la femme jouit au premier assaut, tout ça n'était pas près de disparaître.

—Ce qui aurait mis en question ma virilité comme tu dis, c'est que tu fasses semblant.

—Tu t'en serais aperçu ?

Ses questions l'amenaient plus loin qu'il ne croyait : les amants d'avant lui ne s'en rendaient donc pas compte ou ne pensaient qu'à eux ? probablement. Pourquoi le pluriel ? plusieurs avant lui ? Par intuition.

—Oui, je t'expliquerai si tu veux mais ne te mets pas d'idées dans la tête. Tu as encore faim ? On a une douche. Je dois bosser, mais les clés sont sous le pot de fleurs sur le palier. Tu seras là à midi ? je ramènerai des courses. Promis ? Ne te sauve pas.

—D'accord. Je serai là.

 Et brusquement un sourire d'une candeur invraisemblable l'éclaira.

—Pourquoi tu souris ?

 Sa réponse le troubla : « Pour rien, je suis heureuse, c'est tout «. Il ne pouvait demander plus comme hommage à sa virilité.

—Tu sens le mec qui a baisé toute la nuit, remarqua Alex.

—On a fait l'amour, c'est différent.

 Alex s'amusait : « donc, tu es débarrassé ? « Son équipier haussa les épaules : « Absolument pas : on a bien des choses à apprendre l'un de l'autre : d'où sors-tu cette idée ? je n'ai aucune intention de rompre, on vient juste de commencer. «

—Bon, ça te concerne, hérisson. On attend un troisième. On sera plus cool. Bryan, tu as pigé ? On va être trois. Qu'est-ce que tu fous sur ton portable ?

tu envoies un message ? ça fait quinze minutes que tu l'as quittée.

—En un quart d'heure, tout peut arriver. Elle a répondu que tout allait bien. Voilà : c'est important pour moi qu'elle soit heureuse, qu'elle le dise.

 Alex se traîna à la porte où on frappait des coups énergiques : » Le poste de secours ? C'est là, il n'y en a qu'un. Vous êtes sûre ? Ben, entrez. Alan ! On a le numéro trois. » Une fille aux cheveux bouclés courts fit son apparition déjà en tenue et d'emblée déclara :

—Bon, les hommes : que ce soit clair, je suis une femme mais cela ne signifie pas que je ne suis pas opérationnelle : pas de machisme.

 Eux ? machos ? Quelle horreur ! Alex avait même préparé une bouteille d'eau pour elle, elle se nommait comment ?

—Christel. Vous avez fait le plein de désinfectants, bandages, le défibrillateur fonctionne ?

—Alan ! tu as vérifié, tu peux décoller de ton putain d'écran ?

—C'est ok. Elle s'ennuie un peu, il est quelle heure ?

En marmonnant, Alex tendit une bouteille à la nouvelle : voilà, c'était écrit Christelle, sa bouteille à elle, comme les capotes, question d'hygiène. Elle examina l'étiquette :

—Christel, pas Christelle, vous mettez votre nom sur les capotes ?

— Je corrige, excuse-moi, on recycle, pour sauver la planète.

—Et après les poissons avalent le plastique. Je grimpe, comme on nous a répété au stage, une seconde d'inattention et c'est le drame. Passe-moi les jumelles. On a un problème là-bas, je saute.

Alex se mit en bas, les bras tendus :

—Tu penses que je suis incapable ? A cause de mon sexe ?

—Pas du tout, c'est du béton : j'ai failli me briser le cou si Alan ne m'avait pas cueilli en vol : estropié à vie.

—Pas de discriminations pour les handicapés.

—Bryan, elle va sauter ! putain, tu es là ? il est amoureux, la tête dans les nuages. Faut l'excuser.

Le dit Alan leva les yeux sur la nouvelle :

—Je ne suis pas amoureux. Mets les mousses en - dessous comme j'ai dit au début.

Alex poussa trois épaisses mousses sous la rambarde qui faisait office de poste d'observation pendant qu'elle dévalait l'escalier en leur signalant qu'une femme ne bougeait plus, près du bord.

—Elle bronze, lâcha le médecin, en quittant son portable à regret. On y va.

La malheureuse se leva pleine de coups de soleil : Alan lui fit la leçon : on mettait de l'indice cinquante, compris ? Sinon le grain de beauté grossissait et finissait par grignoter tous les organes, tous, sans exception, articula-t-il avec le doigt levé. Crème, pas l'huile, on pouvait en avoir besoin dans certaines circonstances, mais ... Alex lui mit la main sur la bouche avant qu'il ne profère une obscénité, n'étant pas dans son état normal.

—Ouste ! sous le parasol, renchérit Christel, nous n'avons pas à nous soumettre aux diktats des hommes.

Se soumettre ... elle était soumise la nuit dernière, très soumise et il avait adoré. Leur équipière interrompit sa songerie sur ce qu'ils pourraient faire dans quelques heures :

—Par contre, on a deux personnes qui sont en difficulté, ça fait des signes ; Alex va chercher le canot, on surveille.

Celui-ci obéit en marmonnant qu'il ne serait pas toujours de corvée : « Tu es costaud, répliqua Alan, deux : c'est rien pour toi «. « Il est ronchon « remarqua Christel, « sympa mais ronchon »

— Il est ronchon, mais il se traîne depuis une rupture : trop littéraire, tu vois ? Ils font encore des signes ?

—Oui.

—Donc ça va. On a le temps.

— La page quatre du guide du secouriste exemplaire le mentionne ; par contre la distinction entre crème et huile n'est pas spécifiée.

—C'est une question d'activité et d'endroit, je t'expliquerai, voilà il est près d'eux, il les remonte, on rentre.

Deux jeunes Anglaises se tapaient une crise d'angoisse, et après examen du pro, Alex les emmena dans une salle intitulée de décompression puis ferma la porte. Christel s'inquiétait :

—Il va s'en sortir seul ? On entend des petits cris.

—Il gère ça très bien. Il est quelle heure ? Quinze heures ? ça ne passe pas.

—Déjà une heure qu'il est enfermé.

—Il faut le temps. Tu fais quoi dans la vie ?

 Elle était étudiante pour travailler dans les labos d'analyses médicales, en seconde année. A ce moment, Alex, sortit, en sifflotant suivie des deux naufragées, requinquées, qui le remerciaient pour son professionnalisme.

—Vous avez fait connaissance ? demanda-t-il, l'air béat. Moi je suis médiéviste, lui médecin spé en quoi déjà ? les mômes. Il pourra te filer un coup de main en bio.

Deux regards orageux le clouèrent devant le réfrigérateur.

—Médiéviste ? c'est une secte ? Je me débrouille bien toute seule.

 Vexé, Alex se renfrogna, une secte ? il n'y en avait vraiment que pour les scientifiques.

—Tu sais, reprit le scientifique, subitement inspiré, on doit écouter les envies secrètes des femmes, leurs désirs opprimés par une société phallocrate, ne pas affirmer notre virilité, l'abdiquer même : nous avons un rôle à jouer, en restant humbles, il faut que nous soyons humbles, le patriarcat est révolu. Quelle heure il est ?

 Si l'inconnue le métamorphosait en lavette, avec ce ton sirupeux, cela craignait pour la suite : avec cette numéro trois, Alex était une lamelle de jambon entre deux tranches de pain de mie caoutchouteux. Pire, le pro l'avait serrée dans ses bras au lieu de lui passer un savon maison Bryan : « Tu es une chic fille, Christel, il en faudrait plus des comme toi ». Puis il s'était barré, le salaud. Il appliquait les mousses quand elle déclara : « lunatique, mais sympa, rare de rencontrer des mecs qui ne soient pas à l'âge de la pierre taillée. On peut sortir dans ce bled ? » Il s'engluait les doigts avec l'adhésif : « Pas trop, hélas ! tu t'intéresses aux moines bénédictins ? »

Elle s'appelait Beatrix Fontane, riait d'elle-même et de sa maladresse, écoutait ses doutes de médecin, les récits de ses journées au poste de secours, lisait de vieux livres écornés dont elle tournait les pages en mouillant son doigt : il râlait à cause des microbes, mais jalousait ces bouquins poussiéreux qui l'absorbaient. Il relevait la robe et la caressait, les livres tombaient. Il évoquait un après les vacances : il se débrouillerait avec son emploi du temps, ils se baladeraient en forêt, feraient de la barque à Versailles, elle l'initierait à la culture, ils iraient au cinéma et pourquoi pas au théâtre. Elle ne disait ni oui ni non. Parfois, elle éprouvait le besoin de demeurer seule dans sa chambre d'hôtel et l'embrassait parce qu'il était vexé.

Le vingt-cinq août à dix heures trente, il reçut un texto : « Je pars, désolée. Beatrix ». Il avait rappelé, laissé plusieurs messages, en vain, s'était précipité chez lui puis à l'hôtel où on lui avait gentiment fait comprendre qu'on ne livrait pas les adresses à des inconnus. Sur internet, elle n'existait pas.

—Elle reviendra, te donnera des nouvelles, avait dit Alex.

—Bien sûr : elle a eu un problème urgent à régler, les femmes ne s'étalent pas, avait ajouté Christel.

Les derniers jours avaient été sinistres, son portable était éteint, la station se vidait, des nuages de pluie plombaient le ciel. Ils avaient fêté leur camaraderie avec des bouteilles d'eau minérale, s'étaient promis de se revoir.

Il avait eu vingt jours de bonheur inattendu et avait l'impression d'avoir rêvé.

Chapitre deux.

   La grisaille de Paris, sa chambre d'étudiant, et un poste dans l'hôpital qu'il souhaitait l'attendaient. Il n'avait pas une seule photo d'elle. Il l'avait traitée de tous les noms, de salope, putain, manipulatrice, avec ses questions débiles « cela ne te gêne pas ? » et il était tombé dans le piège. La brutalité de son départ l'avait abasourdi : quelques heures auparavant, ils faisaient l'amour, et elle aimait ça, la petite pourriture, se faire peloter partout, l'exciter avec ses yeux de sainte en chaleur, vicieuse, perverse, elle s'était bien foutue de lui. Sous sa colère, son amour-propre humilié, se cachait un vide, elle lui manquait : il aurait bien voulu la revoir, lui foutre une raclée, la baiser brutalement puis la consoler. Il devenait misogyne : entre dix-sept et dix-neuf ans, elles se la jouaient à la libération sexuelle, vers vingt-cinq, elles pensaient mariage et marmots, plus âgées, elles profitaient des dernières années. Comme disait Alex, « les femmes, c'est compliqué : tu les mets à genoux, elles crient à l'oppression, tu t'agenouilles, elles te pilent dessus ».

Il s'abrutissait de travail, les patients se succédaient ; une interne de dernière année, une brune au visage régulier, au corps superbe, que tous les mecs reluquaient attira son attention. Intelligente, ambitieuse, elle notait certaines de ses remarques au cours des visites, sollicitait son avis. Il l'avait invitée à déjeuner dans une brasserie en face de l'hôpital, on la regardait, et une semaine plus tard elle était dans son lit : bien charpentée, les reins solides, des seins généreux et fermes, pas cette poitrine menue d'adolescente attardée qu'il avait mordillée pendant quelques semaines ; elle jouissait sans détours. En discutant, elle avait déclaré qu'elle choisirait l'hôpital, pas en libéral, pas d'enfants non plus. Le dernier point le laissait perplexe : les femmes voulaient presque toutes des gosses, elle serait une exception. D'ailleurs, il avait ses raisons : qui dit marmot dit forcément installation, disponibilité, inquiétudes au plus petit rhume ; les parents souffraient comme si on leur arrachait les entrailles, il ne vivrait pas ça, et sa mère, toujours sur le pied de guerre au moindre symptôme. Jamais. Il mettait des capotes, ne se fiant pas à la contraception oubliée. Fin septembre, il était installé dans un studio payé par les parents, des gens très convenables, dont le cadet était en prépa ingénieur. Il avait passé un week-end chez eux à bailler devant des albums de photos familiales. Par précaution, il avait gardé sa piaule d'étudiant. Et pourquoi s'attarder sur quelques jours de vacances où une pimbêche l'avait plaqué sans autre explication ? Désolée, elle était désolée, lui aussi, qu'elle aille se caresser avec un autre mec, lui ferait sa vie, une vie stable, le boulot était déjà assez stressant sans y ajouter les fantaisies d'une fille coincée le nez dans les bouquins. Dans un an ou deux, il se consacrerait à la recherche, Cécile l'admirait. Il reçut plusieurs messages d'Alex, répondait « RAS », rien à signaler : il l'avait emberlificoté avec ses romances de passion frénétique. Malgré tout, il accepta de l'inviter un samedi soir. Cécile avait préparé un plateau de jus de fruits, des canapés pour le « copain d'avant » puis était partie à sa séance de yoga , abonnement oblige, indispensable à son équilibre émotionnel ; elle n'était pas des plus douées avec les patients : l'autre jour, elle avait agité le doudou devant un gamin de quatre ans : « Allons jeune homme ! on est courageux , après on ira voir maman » : résultat : hurlements du jeune homme qui avait pissé dans sa culotte : lui aussi à cet âge aurait inondé son petit pantalon si on l'avait séparé de maman pour se rendre dans une salle d'examens ; heureusement , madame Sabine, l'infirmière chef l'avait câliné avec une histoire de lionceau très mignon qui jouait au cerceau : il aurait aimé connaître la fin . Alex s'était pointé à l'heure dite, avait sorti deux bouteilles d'eau minérale, en souvenir de l'été, et avait remarqué qu'il était bien installé : « Ci-gît Alan Bryan, bien installé » avait-il pensé, en retrouvant les images de Beatrix au bord de la mer, ou devant le manège. Un quart d'heure de banalités, et Cécile était là, pestant pour le cours annulé au dernier moment.

—Alex, c'est ça ? ravie de faire votre connaissance, Alan m'a quelquefois parlé de vous. Servez-vous, je vais me prendre une douche, tu n'oublies pas que demain nous partons tôt : nous nous rendons chez mes parents et le périphérique est une horreur !

Après avoir évalué la silhouette en jeans et pull noir, le copain d'avant avait grignoté un canapé : « Je ne vais pas m'attarder, ma mamie dit toujours « Alex, si tu gênes, tu dégages «.

—Non, reste. Et Christel ?

—On est colocataires, elle est chieuse, squatte la salle de bains pendant des heures, mais ça va : faut dire qu'elle est la dernière d'une famille de quatre mecs, tous gendarmes, militaires et crs, ça explique ses positions.

—Et toi ?

Il avait reposé le bout de toast : il présentait sa thèse fin janvier et ensuite il apprendrait aux étudiants de première année à faire une frise chronologique avec des crayons de couleur, avait-il blagué. Cécile était revenue en peignoir éponge de style cure thermale.

—Vous ne mangez rien ! vous êtes encore étudiant ?

—Ad aeternam, avait-il répliqué, vexé par le « encore «, et vous ?

—Je suis en fin de parcours, même spécialité qu'Alan. Bien sûr, des littéraires, il en faut : tout le monde ne peut pas être scientifique. Au fait, la gamine de six ans, une vraie fontaine : je lui ai filé un calmant, quant aux parents ...merci, pour une petite prise de sang de rien du tout.

« Tais-toi mais tais-toi ! « pensait-il pendant qu'Alex ramassait son sac.

—Je vais y aller, deux bus et le dernier métro, allusion au film qu'elle n'avait pas captée.

—Je te raccompagne.

 Adossés à la portière de la voiture d'Alex, ils fumèrent une cigarette.

—Tu n'as jamais eu de nouvelles ?

—Non : une belle salope, j'ai tiré le trait.

Alex soupira : « Si tu prends ton pied. Sauf … «

—Sauf quoi ? j'ai cherché sur internet, fouiné partout, elle n'existe pas.

—Les sirènes, faut les chercher au fond, et des fois on cherche loin ce qui est tout près, je me rentre.

 Cécile avait déjà débarrassé, « rigolo l'eau minérale et ça ne lui a pas coûté cher ! « Il ne put se retenir : « pas trop de calmants pour les mômes, ok ? « . Elle fronça les sourcils : « On n'est pas là pour faire de la garderie «. Voilà : il n'était plus déjà celui qui avait le poste mais un crétin attendri par le moindre sanglot de gamin. Alex était à côté de la réalité avec ses contes de sirène ; d'ailleurs, ça finissait mal.

Le dix octobre, il fit un tour à sa chambre d'étudiant pour relever son courrier : assis sur la première marche, il tria les publicités, ouvrit une facture d'eau, et tomba sur une lettre papier kraft : pas d'adresse au dos, il déchira l'enveloppe : une carte et un paquet emballé de papier bulle :

« J'ai tardé à vous envoyer le livre : la femme de ménage ne fait pas sous le lit : il doit être à vous, parce que vous avez été le dernier locataire de la saison. Bon souvenir. Nadine Joliette «

La mère Joliette lui avait loué l'été dernier : il découvrit un très vieux livre : « Histoire du Chevalier Des Grieux et de Manon Lescaut », dont l'auteur était un curé, un de ces livres dont il avait été jaloux … fébrile, il le feuilleta, revoyant son doigt mouillé tournant les pages. Un hasard, se dit-il, plus ému qu'il n'aurait souhaité, mais à quoi bon maintenant ? Les dés sont jetés ; le coin d'une page était replié, elle avait interrompu sa lecture à cet endroit. Le livre avait dû tomber sous son lit, il rêva un moment : sur la page de garde deux initiales illisibles s'entrelaçaient dans un tampon à l'encre. Dans sa chambre, il lut trois pages, ennuyeuses : un type racontait ce qu'un autre, un môme de dix -sept ans, pleurnichard au possible, lui avait raconté. Quel intérêt trouvait-elle à ces fadaises ? Finalement, le fossé entre eux se creusait : ils n'étaient pas faits pour s'entendre ; il étouffa l'œuvre sous un paquet de cours de biologie. Pourtant, pendant quelques minutes, il avait eu l'impression qu'elle était penchée sur son épaule, et chuchotait : « cherche bien «.

Julien venait d'être nommé en service d'ophtalmologie, l'un des meilleurs de Paris. Ils avaient sympathisé en médecine générale, partageant les coups de cafard, les fous rires et les filles. Devant un café en face de l'hôpital, ils avaient discuté longuement : Julien songeait à faire une pause, dans un an ou deux pour y voir clair, avait-il plaisanté, un séjour dans une île perdue, loin de la modernité.

—Oui, avait-il répondu, s'arrêter, s'interroger. Je crois que j'ai raté quelque chose l'été dernier avec l'impression d'être pris dans un engrenage.

L'engrenage était cette relation avec Cécile qui se gangrénait : leur mode de vie était réglé, course le dimanche matin au bois, coups de téléphone aux parents, et baise devenue hygiénique. Il n'avait qu'un mot à dire « Terminé » et n'y parvenait pas, comme s'il allait tomber dans un gouffre en rompant avec elle, si posée, si réaliste. Elle avait acheté de charmants sous-vêtements, et il s'était fait la remarque que dans un an, ils en seraient aux gadgets érotiques ou aux films pornos. Son travail en souffrait, il ne communiquait plus avec les patients, et s'en voulait comme avec cette gamine de quinze ans, violée sur le chemin du lycée.

—Elle est comment ? avait-il demandé à l'infirmière, madame Sabine dont l'efficacité n'avait d'égal que son franc parler.

—Prostrée, en boule. Ses vêtements sont sous sacs hermétiques : Katie. Je vous accompagne.

 Une présence féminine faciliterait les examens : écouter, noter son récit, et la suite : prélèvements etc… « Bonjour Katie, je suis Alan, et voici Sabine, on est là pour t'aider si tu es fatiguée, on repasse. » A midi, c'était terminé : « on y est arrivés, je rédige le rapport, qu'est-ce que vous lui racontiez ? »

—Que vous aviez la tête en l'air, mais qu'en gros, vous étiez plutôt sympathique.

—Je n'ai pas la tête en l'air et je suis très sympathique. Donc, le. On est quel jour ? lundi, j'ai entendu et examiné Katie Lieuvin, à …

—Dix heures trente -deux minutes ; si vous me permettez, je n'ignore pas qu'il faut être professionnel, mais vous sonniez faux : elle était tétanisée.

—Je ne l'ai pas violée, ne mélangez pas tout. J'ai aussi une vie personnelle.

Elle avait plissé les yeux : elle ne manquait pas de discernement cette Sabine : devant la patiente, il avait eu envie d'expédier les formalités, elle ou une autre, peu lui importait. Et il avait agi la tête ailleurs, sans prendre garde à ce que cette gamine devait éprouver à se faire tripoter devant et derrière après un viol. Pris de remord, il était passé dans la chambre : ses parents étaient venus la chercher : si elle parvenait à avoir un rapport sexuel normal, elle aurait du bol, le type n'avait pas fait dans la dentelle. Pauvre gosse :il aurait dû insister pour que le psy la prenne en urgence.

—La pilule du lendemain ? avait-il demandé à une infirmière plus jeune, Charlène, qui lui tournait autour.

—C'est fait, minauda-t-elle, mais je croyais qu'il …

Il la coupa sèchement : « Vous croyez que le type a mis un préservatif peut-être ? ». Surprise par sa brutalité, elle faillit renverser un flacon. Il se montra odieux : « Malin, ça promet pour la suite. » Elle avait quitté la salle. En réalité, il ne savait plus très bien où il en était depuis l'été.

Sa jeunesse n'avait rien eu d'extraordinaire : des parents sympas, conformistes, mais compréhensifs jusqu'à un certain point. Le sexe, les maths, la biologie et la physique : des points d'ancrage sans prise de tête . Son expérience des prostituées n'avait pas été concluante : il avait gaspillé son argent de poche pour débander illico, tétanisé de partout sauf au bon endroit : ça, c'était en seconde. En terminale, il avait invité des copines pour réviser la philo, le cours sur le désir surtout avec travaux pratiques à l'appui. Il n'était pas malheureux : l'insistance des parents pour le coller dans une prépa scientifique dont l'issue serait d'être ingénieur comme deux de ses frères l'avait mis en alerte. Renseignements pris auprès de ces derniers, peu de filles, trois ou quatre maxi pour trente-six mecs, il avait obtenu un an de sursis : du voyage en Amérique latine, Costa Rica, Colombie, il gardait un souvenir nébuleux d'hôtels crasseux, de rues colorées et de tourista récurrente. Peut-être la tourista avait-elle déterminé le choix de médecine ? Cela n'avait pas été sans mal : les premières dissections, les fins de vie l'avaient sacrément ébranlé. La nuit, il s'éveillait en sueur, avec des images cauchemardesques. La nature lui avait octroyé des yeux gris bleu et un visage régulier, et il entretenait les muscles. Dommage qu'il se soit mis à fumer après un stage où les fumeurs agonisaient. Avait-il la vocation ? il aimait bien les mômes, ceux des autres, encore innocents. Les voir mal en point le révoltait contre l'injustice ; la défaite avec Antoine, qui avait dévissé inexplicablement l'avait profondément affecté ; au début le traitement avait fonctionné puis plus rien : peu de visites, pas de coups de téléphone d'amis ou de famille : il ne les accusait pas, ils avaient la trouille mais cette solitude l'avait déprimé : à quoi bon lutter si personne ne s'informe de vous ? Antoine avait lâché : son dernier patient avant les vacances était mort à quatre heures quinze du matin sans qu'il ait pu enrayer l'inexorable. Et Beatrix était arrivée, près de la bouée rouge : tout était devenu lumineux avec elle. Une peau à coups de soleil, une blonde, il appréciait les brunes, des seins d'ado à peloter : et il suffisait qu'elle prononce « Alan » pour qu'il soit prêt à lui décrocher la lune. La baise ? ne pas se voiler la face : ça avait débuté par ses caresses, sa gêne, il avait été conquis : lui apprendre à prendre son pied sans se soucier exclusivement de l'autre, il reconnaissait que cela avait été capital surtout qu'elle était réceptive, très. Mais pas que… alors ?

Trois jours de congé pour la Toussaint : Cécile souhaitait faire la connaissance de sa famille : Il venait d'avancer un pied vers l'officiel : impossible de se dépêtrer de cette relation comme si le départ de Beatrix avait réveillé un instinct de survie : Cécile était un garde-fou, mais surtout une prison.

—Elle est parfaite, avait jugé sa mère, Corinne, toute guillerette de voir un mariage à l'horizon. Vous formerez un couple magnifique.

Le clan Bryan était réuni : de l'aîné Dimitri en charge de l'entreprise paternelle à Pawel , le dernier , en prépa scientifique , on avait la collection : trois filles , quatre garçons : dans une corbeille , sa mère mettait des bouts de papier avec des prénoms exotiques et en tirait deux au sort : il avait hérité d'un prénom d'acteur américain, Alan , Bryan remontant à de lointaines origines anglaises : mieux que Rocco dont maman n'avait pas mesuré les connotations pornographiques , le dit Rocco étant vraisemblablement peu connu pour ses performances à l'époque . Les naissances successives l'avaient toujours époustouflé : gamin, il examinait avec suspicion les géniteurs : son père, court sur pattes, le ventre en avant, et la partenaire, mince comme un fil, qui expulsait le résultat d'accouplements secrets avec une régularité de poule de batterie. Faisaient-ils l'amour uniquement pour la procréation ? Chaque nouveau venu représentait une part d'impôt en moins et une allocation supplémentaire. La part de rêve de Corinne Bryan se résumait-elle à cet exotisme des prénoms ? Quatre petits-enfants, Alexia, Justine, Martin et Gaston complétaient le tableau : oncle Alan qui peinait à savoir qui était le môme de qui était là pour soigner les écorchures, les rhumes et les coups de soleil.

La seule avec laquelle il se sentait en phase était Sylvia, sa cadette de trois ans, la réfractaire : célibataire, styliste inconnue, enchaînant les déceptions sentimentales avec des sponsors plus intéressés par son physique que par ses créations, elle était la bête noire de la famille : quand il avait annoncé son désir d'une année de réflexion avant médecine, elle l'avait soutenu avec ferveur : « Il ne vous demande que le billet d'avion, ce n'est pas le Pérou ! quand même ... «. « La Colombie, avait-il insisté et le Costa Rica pour la faune et la flore ».

—Où est Sylvia ? demanda -t-il à sa mère occupée à régler le thermostat d'un four neuf.

—Où veux-tu qu'elle soit ? A la plage, près des cabines, par ce temps !

Cécile était apparue dans l'encadrement de la porte : avait-on besoin d'elle à la cuisine ?

—Je vais chercher ma sœur, tu peux jouer une partie d'échecs avec mon père ?

Bien sûr qu'elle distrairait le patriarche, elle aurait même le bon goût de perdre. Une couverture bariolée tranchait sur les couleurs fades de la plage venteuse. Elle sortit une tête ébouriffée : « On vient à mon secours ? tu me paies une gaufre ? ». Dans la crêperie bondée, elle commanda deux gaufres chantilly chocolat, une tasse de chocolat mousseux et une carafe d'eau pour son frère, elle paierait la carafe. Hygiène de vie déplorable et pas un gramme de trop, question de métabolisme ? Elle creusait un puits dans la chantilly pour faire émerger le chocolat liquide.

—Alors on se case ? commença-t-elle abruptement.

—Je ne me case pas : j'ai réfléchi : une compagne fiable, on s'entend plutôt bien, elle veut bosser en hosto et n'a aucune intention d'avoir des gosses : ça me convient.

Elle lui tendit une bouchée de gaufre dégoulinante :

—Avale : tu es en train de te trahir, de te faire mener par le bout du nez : dans un an, elle est enceinte, avec vos emplois du temps délirants, tu iras piquouser des bébés dans un joli cabinet pas trop loin, papa t'aura sous la main en cas de pépin, et tu auras un crédit sur trente ans pour une maison avec jardin, balançoire, et bac à sable. Viendra le numéro deux. Maman sera enchantée : elle gagnera le concours mamie tarte aux pommes.

—Tu te trompes : je ne fais pas d'enfant si je n'en veux pas. Elle ne te plaît pas ?

Elle lui servit un verre d'eau : qu'il ne s'étouffe pas, mais réfléchisse : une petite erreur dans le feu de l'action et hop !

—Ne dis pas de bêtises, elle prend une contraception. Donc, tu ne la sens pas ?

—Si toi tu la sens, comme tu dis si poétiquement, je m'incline mais elle est faux cul. Elle s'est précipitée sur moi : et que j'étais ta sœur préférée, qu'on serait les meilleures amies du monde, elle adorait mes créations ! Vu que j'ai encore un zeste d'éducation, je me suis tirée ; entre parenthèses, pour voir mes créations, je ne sais pas comment elle s'est débrouillée. On ne fait pas sa vie avec un « on s'entend plutôt bien « : tu es cadeau, Alan, déjà médecin, beau comme un astre, et le reste. Elle joue avec toi comme un chat avec une pelote de laine : tu es mal, ça se voit, elle a deviné que tu traversais une sale période et te met le grappin dessus. Qu'est-ce qui t'arrive ?

Son propos n'était loin de la vérité : il se casait, enfin, en provisoire mais pour ce qui était des machinations de Cécile, il doutait : quoique … les pauses de contraception devenaient fréquentes, les calculs « je ne suis pas dans la période à risques « l'amenaient à enfiler des capotes, la bonne vieille méthode ayant donné naissance à pas mal de surprises. Il résuma l'aventure estivale avec Beatrix,

concluant par « elle m'a plaqué, et elle est
introuvable «.

Sylvia touillait le chocolat mousseux :

—Tu t'es pris une claque : très bien.

—Très bien ? ça te fait plaisir ?

—Oui : tu as collectionné depuis la voisine Elodie,
elle y croyait, et toi tu perfectionnais les techniques.
Pour une fois qu'il y en a une qui te résiste : bonne
leçon mais de là à foncer dans la sécurité ? Au fait
qu'est-ce que tu aimes chez elle ? fais-moi grâce des
détails libidineux.

—Tout, ses yeux, sa démarche, elle écoute, elle a le
sens de l'auto dérision, sait se taire, elle est directe
aussi : j'avais l'impression d'être moi, le meilleur de
moi. Mais à quoi bon ? je l'ai cherchée partout en
vain ... si, un livre oublié sous mon lit, elle lisait
beaucoup. Enfin, je me suis fait un cinéma.

—Non : le meilleur de toi, ce n'est pas rien. Un livre ?
tu devrais bien l'examiner : je ne crois pas aux
hasards. En tout cas, ne tombe pas dans le piège, ça
va causer désert médical à table, et tu devines
pourquoi ? J'ai fini, tu peux payer, file-moi une clope,
je t'attends dehors.

La suite avait été prévisible : son père, ragaillardi par
son succès aux échecs, évoquait l'augmentation des

prélèvements, l'intérêt des lycées privés et l'absence de médecins dans les environs : politique désastreuse, bien que des cabinets soient proposés avec exonération de charges pendant trois ans. Cécile écoutait, un petit sourire en coin : « On a aussi besoin de médecins dans l'hôpital, on verra bien «. On verra quoi ? s'interrogea-t-il. Sylvia avait boudé le repas et réapparut avec un dessin : une robe de mariée.

—C'est osé, non ? remarqua leur mère.

 Sur le retour, Cécile ne tarissait pas d'éloges sur une famille aussi conviviale ; un bel exemple ! Il ne cracherait pas non plus dans la soupe : ils l'avaient bien élevé, soucieux de sa scolarité, il n'avait manqué de rien, on lui avait inculqué certaines valeurs. Son argent de poche des jobs de vacances ne suffisait pas à payer les premières années d'études, son père avait mis la main au portefeuille, et il complétait par des cours particuliers de maths physique chimie de temps en temps. Qu'ils souhaitent le voir établi, était normal mais justement cette normalité l'effrayait. Le livre ? le lendemain soir, il le dégageait de la pile. Le tampon avait bien une signification : il se résolut à mener une recherche.

L'œuvre appartenait à un ensemble, « Mémoires d'un homme de qualité « mais avait été éditée séparément : un classique du XVIII °, d'abord condamné à être brûlé : on y racontait un amour entre un jeune homme de bonne famille qui se pervertissait par passion pour une Manon, qui n'était finalement qu'une putain et ça finissait mal : les renseignements obtenus sur internet ne l'avançaient guère. Il mit à profit la récupération de Cécile d'une nuit de garde pour se rendre dans les bibliothèques : les employés maniaient le livre avec précaution : une édition des années soixante mais le tampon leur était inconnu. Aurait-il plus de chances avec des bouquinistes ? Après deux plongées dans un univers poussiéreux où l'on préservait des reliques dont le prix dépassait son entendement, il allait renoncer : on ne vendait que des éditions du XIX° ou des autographes d'écrivains célèbres. Une vitrine attira son attention par une carte d'Amérique du Sud déployée en devanture. Un dernier essai :au fond d'un local exigu un petit vieux lisait un journal sportif : il ne pouvait plus mal tomber. Il exposa sa requête, connaître la signification d'un tampon sur la page de garde d'un exemplaire, rien d'autre. Un air soupçonneux l'accueillit : il ne souhaitait pas le vendre ? ici on venait pour vendre ou acheter avec des amateurs éclairés ... il ne prétendait pas être éclairé, nageait en pleine mer inconnue mais saisit le deal : « achète-moi un truc et je te renseigne peut-être «. Le vieillard lui étala la carte d'Amérique du Sud : les couleurs étaient passées, le papier sentait le moisi, elle datait du début du XX° siècle. Il négocia et la carte emballée dans deux cartons, exhiba le livre. Une loupe se colla sur le tampon, un sourire édenté apparut, avec le prix de la carte, le bouquiniste pourrait se payer le luxe d'une prothèse, pas le top mais de quoi croquer une madeleine imbibée de lait.

—Collection Fréderic Fischer, édition limitée. Vous ne vendez pas ? Comment est-il en votre possession ? c'est une collection privée.

 Les mots résonnaient : Fréderic Fischer ? Le petit vieux l'examinait par en-dessous, il s'échappa, il ne manquerait plus qu'on le soupçonne d'avoir volé un livre. Dans sa chambre, pendant que Cécile dormait à poings fermés, elle avait un sommeil de plomb, il se colla sur internet : les Fischer ne manquaient pas, il précisa, Fischer Fréderic collectionneur de livres et tomba sur un entrefilet : le type était un magistrat, connu pour sa bibliothèque. Mort en 89. Il était bien avancé : quel lien entre Beatrix et ce défunt bibliophile ? il nota sur une feuille : Beatrix, Fischer avec un point d'interrogation puis murmura « aide-moi, s'il te plaît «. Ce bibliophile avait-il des héritiers ? le fil qui partait de Beatrix pour aboutir à une collection privée n'était pas un hasard ; la bibliothèque devait bien se trouver quelque part, dans un endroit où elle l'avait emprunté. Il tapota nerveusement plusieurs mots, procureur, juge, aucun résultat, avocat, héritier de Frédéric Fischer, et le site époustouflant de Florian Fischer, avocat en droit d'affaires, situé à Versailles apparut. Tenter le sort, se dit-il, entrer en contact et rien à perdre.

Chapitre trois.

 Son absence lui pesait chaque jour davantage ; ses relations s'étonnaient : il prétextait un stage aux Etats Unis de deux mois. Claudie arborait l'air compassé de ceux qui approchent d'un incurable, Gilles maugréait qu'il entretenait une voiture pour personne : sa voiture offerte pour ses vingt et ans : « elle brille « avait-elle déclaré, « je te remercie «. Et l'inflexion particulière de sa voix avait fait surgir une autre voix qu'il avait chassée de sa mémoire. Le vingt juillet, il avait reçu un lien vers un site douteux qu'il avait éliminé d'emblée. Les jours suivants, le même lien s'était affiché, il l'avait bloqué puis la curiosité l'avait emporté : anéanti, il avait fermé les yeux. Perdue dans ce gouffre parisien : exprès parce qu'elle avait compris, elle le touchait en plein cœur. Par quelle aberration n'avait-il pas éclairci leur situation ? de quoi avait-il eu peur ?

 Dans son bureau, à neuf heures, une secrétaire lui apporta son courrier : son humeur était celle de novembre, triste et pluvieuse. Il tria machinalement : cela ne signifiait plus rien, poursuivre ses affaires, augmenter le patrimoine : son bonheur de savoir qu'elle serait protégée par le rempart de l'argent, par ses études, ses relations s'était effondré en une matinée. Une enveloppe « résultats d'analyses « d'un hôpital attira son attention : que serait-il allé faire dans un service public ? A moins qu'elle n'ait eu des problèmes de santé ? Il déchira l'enveloppe et trouva un mot qu'il relut plusieurs fois : un livre ? le titre et l'auteur étaient mentionnés ; il se dirigea vers la bibliothèque de son oncle, inspecta les rayonnages : l'ouvrage manquait. Qui d'autre qu'elle aurait pu l'emprunter ? elle lisait toute la littérature avec avidité, puis rangeait méticuleusement les ouvrages. Un médecin avait trouvé le livre sous un lit ? il se disposait à lui remettre sous réserve qu'il en soit bien le propriétaire. Ce type était le lien avec Beatrix d'une façon ou d'une autre : Florian Fischer appela l'hôpital en question.

Milou était à l'accueil depuis septembre : Caro, sa meilleure amie avait bavé de jalousie : elle se ferait un médecin, avenir assuré. Caro était stupide, la tête remplie de séries télévisées : la frontière entre l'administration et le monde médical était quasiment étanche : le personnel soignant se terrait dans des blocs hermétiques, avait ses entrées, ses places de parking ; au self, ils se regroupaient entre eux ; même leurs petites copines appartenaient à cet univers, telle cette grande brune, une pimbêche, qui sortait avec le plus charmeur de la bande. Celui-là, elle n'aurait pas dit non, il avait de ces yeux, un physique super, pas le type à binocles, le dos courbé par l'étude, elle avait maté quand il enfilait la blouse : ça lui faisait tout chose dans le bas-ventre. D'une voix robotisée d'aéroport sauf que là on ne prévenait pas les passagers d'un embarquement immédiat, elle prit l'appel : on lui demandait si l'on pouvait rencontrer le docteur Alan Bryan. Elle récita sa leçon : les médecins ne consultaient pas, le docteur Bryan travaillait aux urgences, en cas de souci, il amenait l'enfant ; l'inconnu insista : il s'agissait d'une affaire privée, pouvait-on lui communiquer son numéro personnel ? La voix était très polie avec un accent un peu snob, elle le fit patienter : « un numéro personnel ? lui répliqua une autre secrétaire, son clone, mais montée en grade, il est en visite. C'est de la part de qui ? « Elle reprit la communication avec le snobinard : « Florian Fischer ? c'est noté, on se renseigne «.

—Vous pouvez, lui annonça la planquée sèchement, il a précisé par texto, parce que là, il ne peut pas prendre de communication.

« Pétasse, pensa-t-elle, dans un an, je serai moi aussi derrière un bureau au cœur de l'action. »

 Le petit Charlie était mal barré, une méningite bactérienne à six mois, et les parents attendaient.

—Quatre perfusions par jour, le chef est ok, dit-il à madame Sabine. On surveille en permanence. Pas vrai, bonhomme que tu ne vas pas nous lâcher ?

 Il eut droit à un sourire complice de l'infirmière, interrompu par un appel du secrétariat : son numéro personnel ? Florian Fischer ? son cœur battit plus fort, pour le moment, il était injoignable, mais un texto. Il se ressaisit : « Que dire aux parents ? On fera le maximum, ne vous alarmez pas, si vous pouviez lui ramener un jouet qu'il affectionne. Passez au secrétariat, on vous donnera des indications pour vous et votre entourage. »

Voilà, fait, mais ils avaient pigé que Charlie était entre deux eaux. Putain de métier. Le message s'afficha : « Il faudrait qu'on se rencontre, demain vers onze heures ? FF » Il n'avait pas tardé à le contacter : le type bourré de fric n'évoquait pas le livre. Demain ? dimanche : une course au parc pour déstresser et seul, sans l'increvable Cécile, « au bar en face du parc de M. onze heures, j'aurai un tee-shirt « gardez votre souffle AB «. « C'est noté FF «. Premier contact lapidaire mais efficace : bien trouvé les initiales. Le type avait dû capter qu'il était question de Beatrix ou alors le bouquin était trop précieux pour être confié à la poste. Le tee-shirt avait délavé : il en avait acheté un stock, vendu par une association pour procurer des films pour les gamins. « J'aime mon cœur « avec une coulure rose, « mangez cinq légumes fruits par jour », son préféré : deux oranges et un concombre en équilibre : message subliminal mais trop voyant.

Il le vit arriver, avec un blouson de cuir, et un jeans de marque : bel homme, il avait commandé au comptoir après lui avoir fait un signe de reconnaissance. Instinctivement il posa sa main sur le livre, le seul lien qui le rattachait à elle. Bonne idée d'avoir liquidé Cécile à la piscine, elle faisait un régime, tendance à grossir et ça raffermissait les tissus. Fischer avait des yeux d'un bleu profond et lui avait serré la main puis sans préambules, exactement comme elle, était entré dans le vif du sujet : « Il est question de Beatrix, Béatrix Fontane, n'est-ce pas ? ». Pas question de finasser : il répliqua dans le même registre :

—En effet : vous êtes un parent ? ce livre était sous mon lit l'été dernier, j'avais un job de secouriste, on avait sympathisé mais la propriétaire me l'a envoyé voici peu de temps. J'ai cherché avec le tampon et je suis tombé sur vous.

 A part « sympathisé, « doux euphémisme pour désigner leurs nuits ardentes, il s'était empatouillé. Le « sous mon lit » n'était pas très malin. On déposa un jus de fruit devant son interlocuteur : il allait lui dire au choix : « Beatrix ne veut plus entendre parler de vous : elle est fiancée, ce n'était qu'une tocade estivale « ou « Ce livre est un prétexte pour renouer avec elle : je suis son … ? amant ? « Il était très séduisant, avec des mains soignées aux doigts effilés.

—Mais vous ignorez où elle se trouve ?

 La question le figea : justement, il espérait que lui savait, elle l'avait quitté le vingt-cinq août et pas de nouvelles depuis. Le silence régna quelques minutes.

—Le vingt-cinq août ? elle allait bien ?

—Oui, ça avait l'air, je n'ai rien compris. On devait se revoir à la rentrée.

Florian Fischer but une gorgée de jus de fruit :

—Elle est partie de chez moi le quatre juillet. Mais vous méritez quelques explications : Beatrix a perdu ses parents dans un accident de voiture quand elle avait dix-sept ans, le jour des résultats du bac. Son père était un client, un ami aussi. J'ai été son tuteur légal et à sa majorité, elle a souhaité vivre avec moi, à Versailles. Elle est étudiante en droit, ou était car je doute qu'elle ait renouvelé son inscription : très brillante en master deux. Tout allait bien, trop peut-être, pour un traumatisme pareil. Était-elle dans ce que les psychologues nomment le déni ? J'éprouve pour elle une affection paternelle. Elle ne vous a rien dit de tout cela, n'est-ce pas ? j'ai sa carte vitale mais tout juriste que je sois, je ne sais pas si elle nous serait d'une quelconque utilité.

Il mit quelques minutes à absorber ces informations : la carte vitale ? L'avocat poursuivait : » elle contient le régime, et quelques informations mais en tant que médecin, vous pouvez savoir si elle a eu une ordonnance ou un traitement, si je ne m'abuse. De fil en aiguille, nous pourrions remonter à une adresse ».

—Oui, avec son accord mais ...

—Elle n'est pas là. La voici : tenez -moi au courant. Gardez le livre. A bientôt.

Il s'était éloigné après avoir réglé les consommations. Alan était épidermique : le premier contact lui inspirait ou non confiance, quitte à réviser son opinion par la suite. Florian Fischer lui avait donc plu par sa modestie, il n'avait pas hésité à lui livrer quelques indications précieuses et trahissait son affection pour Beatrix. Puis, en fumant une cigarette, adossé à un tronc d'arbre, il se ravisa : il avait passé sous silence les circonstances de l'accident, la situation des parents et se servait de lui avec cette carte vitale qu'il triturait : un des avocats les plus en vogue ne pouvait pas se renseigner ? « Il t'implique, lui susurra son intuition, mais pourquoi ? »

—Cool la clope, lui lança une joggeuse, en désignant son tee-shirt, va faire un tour en réa.

Milou a bien travaillé : elle a tilté sur la couverture maladie universelle : au culot elle a appelé le service, » la patiente est dans le coma, elle n'a pas déclaré de médecin traitant ni de proches à prévenir : un accident de la route, elle a des chances de s'en sortir, a-t-elle insisté mais elle a bien une adresse : je vois qu'elle bénéficie de ce régime depuis début juillet 2012 : si vous pouviez nous aider : que l'on sache qui contacter au cas où ... ». Il a une adresse, celle d'un foyer, huit rue des Charmes dans le quinzième et une ordonnance de contraceptif en date du mois de juin ; le médecin contacté par Milou ne se souvenait plus de cette patiente occasionnelle « juste un renouvellement » s'était-il excusé. En échange, il l'invite dans une pizzeria et lui suggère de demander le poste de secrétaire en ophtalmo : un départ en retraite, il en touchera un mot à Julien. Elle l'a remercié, un peu déçue que cela s'arrête au dessert, mais a eu le tact de ne pas poser de questions. Julien est d'ailleurs correct : s'il se coupait un peu les cheveux, il serait même tout à fait … en tout cas, Bryan a des relations louches avec une autre que la grande brune : tant mieux.

 Deux minutes plus tard, fébrile, celui-ci repérait le foyer sur internet : un genre d'hébergement pour les gens en rade : bizarre … puis il surfe sur les accidents : dix-sept ans donc 2008, début juillet : les journaux gardent des archives numérisées, et il se trouve enseveli sous une avalanche d'accidents. Affiner la recherche : d'après la carte vitale, elle est née dans les côtes d'Armor : « accident mortel, Côtes d'Armor,2008 « et l'article surgit : « Un couple a trouvé la mort dans la nuit du trois ou quatre, percutant un camion de plein fouet. Le conducteur a été tué sur le coup, son épouse est décédée quelques heures plus tard à l'hôpital. La vitesse de l'automobiliste, David Fontane, est à l'origine de ce drame «. David, son père, note-t-il sur un carnet. Il doit bien y avoir un avis d'obsèques un peu plus loin. La notice nécrologique du neuf juillet s'affiche : « Beatrix Fontane a la douleur de vous faire part du décès de ses parents, David et Célia le quatre juillet 2008. Une cérémonie religieuse précédera l'inhumation au cimetière de T. » Suivaient quelques noms d'amis : Bruno et Jacqueline Lenoir, Marc et Annie Deschaumes et Florian Fischer. Ce dernier n'avait pas menti. Par une ironie du sort, les résultats du bac prenaient une part des pages du journal relatant l'accident : série L, Beatrix Fontane, mention très bien.

« Un coup en pleine figure, et pas n'importe lequel : apprendre la mort des parents le jour même de l'obtention du diplôme, tu parles d'une vacherie. Et si après ça, elle n'est pas traumatisée, je donne ma langue au chat. Pas d'autre famille, mais quelques amis «. Ils figuraient dans l'annuaire et il se risqua à les appeler, sous prétexte de renseignements sur une patiente, après tout... le premier avait la voix enrouée du gros fumeur : Bruno Lenoir se souvenait d'eux et de la catastrophe, mais il n'avait plus eu de nouvelles de leur fille. Il avait été employé par son père, un entrepreneur, puis licencié en novembre 2007. Il ajouta sur son carnet : le père entrepreneur : et il avait besoin d'un avocat aussi connu que Fischer ? ce dernier avait toutefois précisé « un ami ». Le même milieu sans doute. Bonne bourgeoisie. Il remit ça avec les Deschaumes : Annie, veuve depuis deux ans, était prolixe, une vraie commère : « Beatrix ? la pauvre, je me suis souvent dit qu'elle aurait des ennuis sychologiques, un vrai drame. Vous savez, Célia était ma camarade de classe, elle essayait de le raisonner mais il n'écoutait personne. Les gens du port quoi ! ils étaient tous encore bien jeunes. Embrassez bien Beatrix de ma part ». Le carnet se compléta : « Des ennuis « sychologiques «, tu m'étonnes et malgré ça elle décroche la mention. Deux départs inexpliqués : le quatre juillet de chez Fischer, le vingt-cinq août de la station. Instable, irrationnelle, perturbée ? » ; il se rongea un ongle, pris en flagrant délit par madame Sabine : « Poison, pas bien. Votre amie, mademoiselle Cécile vous cherche partout : elle n'est pas de bon poil «. Il l'avait vraiment oubliée, se composa un masque d'homme surbooké : il était en … en quoi ? en réa, tiens comme la joggeuse du dimanche.

—On a quelqu'un en réanimation ? autant que l'alibi tienne la route, elle était bien capable de vérifier.

—Un gamin qui s'est tapé une overdose, il s'en sort, pourquoi ?

—Dites à Cécile que je suis là-bas. Vous croyez à la philanthropie, à l'amitié indéfectible entre hommes ?

Elle inspira plusieurs fois : la philanthropie était suspecte, abattement fiscal ou redorer son blason, les hommes entre eux ? Il y avait bien Achille et Patrocle dans le film avec cet acteur américain, un blond avec de belles fesses, » son nom m'échappe, j'ai des trous de mémoire en ce moment. Un nom en ite, sinon, je ne sais pas. Vous partez ? il va bien que je vous dis … bon, si vous ne me croyez pas. «

—Je vous crois, Sabine, le film, Troie ?

—Oui, Troyes : ça m'a étonnée au début : on n'y faisait que du tricot avant la mondialisation, mais ensuite j'ai réalisé que c'était Troie en Asie mineure, découverte par … zut ! encore un blanc, l'explorateur avec un nom en « man «, pas superman, enfin un passionné d'Homère. Ilion, l'autre nom de la ville en Turquie : ils ont découvert neuf villes superposées les unes sur les autres, et des bijoux, même qu'il les avait donnés à sa femme. Après, il y avait Agamemnon et son frère, le cocu, bon sang ! il se nommait ? et Hélène du grec Hélios le soleil, enlevée par le fils de ? Pas celui qui a un nom de lessive, Ajax, non un autre. Un nom de capitale : bon sang ! que c'est pénible … et il me reste des années à travailler. Il est parti. En réanimation. Il n'a pas confiance. J'ai des noirs de mémoire, des blancs aussi, avec tous ces nouveaux médicaments qui se terminent de la même façon comment voulez-vous qu'on s'y retrouve ?

Il informa Fischer de sa découverte : ce dernier l'invitait à se rendre au huit rue des Charmes vers dix-huit heures : il viendrait le chercher. Cécile allait hurler, cela faisait deux nuits qu'il l'évitait. Il était sorti du service après avoir vérifié que tout allait bien, Charlie commençait à reprendre le dessus, l'overdosé était sorti de l'auberge, pas encore trop net mais à envoyer en désintox, et rapide, parce que la prochaine fois qu'il grimperait au paradis, il louperait le dernier barreau de l'échelle. La voiture de Fischer avait des vitres teintées, le grand luxe, sièges en cuir, et tableau de bord en bois : on se serait cru dans un yacht. L'avocat était silencieux, concentré, guidé par le GPS. Il était convenu qu'au cas où elle serait à l'adresse indiquée, Alan la rencontrerait le premier : ce serait plus facile pour lui de rétablir un contact. « Plus facile, vite dit, pensait-il, et pourquoi pas lui ? «. Le cube bétonné offrait de minuscules fenêtres, un foyer pour sans-abris, travailleurs précaires : on y séjournait une semaine, un mois ou plusieurs. L'accueil présentait deux sièges en plastique défoncé, et derrière un comptoir sommeillait un type d'une soixantaine d'années, en pull gris, qui faisait défiler des photographies de paysages de montagne.

—Pas de visites après dix-sept heures, annonça -t-il, c'est marqué sur la porte.

Fischer avait pris la parole : ils n'étaient pas là pour outrepasser le règlement, ils ne souhaitaient qu'un renseignement sur une pensionnaire. Méfiance absolue : ils étaient de la police ? parce qu'ici, c'était comme la légion, du moment qu'on payait, on gardait l'anonymat. Alan sortit sa carte : « médecin, elle a eu des soucis de santé et nous suivons nos patients «. Pas convaincu, le gardien clignait des yeux : « j'ai eu des ennuis de santé, on ne m'a jamais suivi, ils s'en foutaient oui. « Ne pas perdre patience : « Quels soucis ? une lombalgie ? c'est très douloureux en effet : un doliprane et dormir sur du dur, même par terre. On a des nouvelles directives, tout patient hospitalisé doit être suivi au domicile s'il ne se rend pas aux examens. Ce qu'elle a ? secret professionnel, mais je peux vous dire que si c'est encore contagieux, malheureusement, vous serez mis en quarantaine, vous aussi. « Ebranlé, Jean Pierre, comme l'indiquait son badge, interrogea Fischer :

—Je suis son oncle, lâcha ce dernier, oncle maternel.

Avec un soupir à fendre un roc, Jean Pierre chercha dans un cahier : Fontane Beatrix : arrivée le cinq juillet 2012, partie le quinze septembre 2012. Pas de retard de paiement. Une blonde, très polie, « et bonjour Jean Pierre, comment va votre dos ? « Rare, elle n'avait pas trop le look des pensionnaires habituels, ça non.

—Elle vous a indiqué pour quelles raisons elle vous quittait ? commenta Fischer.

—Elle avait trouvé un travail ; une assoss, enfin une association. Bien belle, votre nièce, dommage qu'elle soit malade, mais je n'ai pas l'adresse du travail.

 Ils étaient sortis, Alan abattu. Fischer lui offrit une cigarette : « si elle travaille, dit-il, c'est forcément dans le droit, je ne crois pas qu'elle ait pu trouver autre chose : je vais contacter un camarade de promotion, il me doit quelques services. Bien trouvé votre suivi des patients : vous auriez fait un bon avocat, je plaisante. Un foyer, retour aux origines, j'aurais dû le pressentir «.

—Quelles origines ?

 Fischer écrasa le mégot, et le fit glisser dans une plaque d'égout puis détourna le regard.

—Dites-moi, cela n'a aucune importance, insista-t-il.

Son interlocuteur ouvrit la portière :

—Non, en effet, cela n'a plus d'importance.

Vingt-cinq août :

 Cette chambre est telle ces vêtements que l'on a portés à une autre époque : ils sont ou trop larges ou trop étroits. La Beatrix qui rentre le vingt-cinq août n'est plus celle de l'arrivée début juillet. Elle déballe ses affaires, secoue les vêtements d'été, met de côté une robe violette, puis entasse le reste dans un sac en plastique. Les reproductions, les bibelots suivent le même chemin. Elle descend mettre les sacs dans les containers au coin de la rue, s'engage dans l'allée commerciale, achète des vivres pour plusieurs jours, fait provision de cigarettes, puis règle en liquide le loyer au gardien, Jean Pierre, qui lui signe le reçu. Elle ferme les volets de la chambre, équipée d'une kitchenette et d'un coin toilettes, Elle récupère le sable du sac, le place soigneusement au fond d'un verre. Ici, personne ne s'intéresse à personne : on se croise dans le couloir, on baisse les yeux, pour ne pas voir en l'autre son propre reflet. Elle s'allonge, joue avec ses doigts à dessiner des animaux fantastiques sur le mur, suspendue hors du temps. Elle réfléchit.

Chapitre quatre

Il avait rompu avec Cécile, froidement, sans un remord : le soir, après cette visite de foyer, elle l'avait pris de haut : son absence des dernières nuits l'avait exaspérée : s'ils se destinaient l'un à l'autre elle entendait qu'il respecte son engagement, celui de la fidélité : elle n'accepterait pas d'être la risée de tous, encore moins les sous-entendus ironiques à propos de son incapacité à satisfaire ses besoins d'homme. L'esprit perdu dans les méandres des confidences tronquées de Florian Fischer, il n'avait pas réagi : l'allusion aux origines le laissait perplexe : les parents de Beatrix n'étaient donc pas d'un milieu fréquentable comme aurait dit sa mère ? Il ne comprenait plus rien : un père entrepreneur, une fille d'un raffinement exquis et la zone ? Ce quartier du port auquel la commère avait fait allusion ?

—Est-ce que tu as compris ? reprit Cécile, ou faut-il que je t'écrive noir sur blanc que découcher n'est pas acceptable ?

Il se croisa les mains derrière la nuque : elle avait encore ce peignoir de cure thermale : les besoins d'un homme ? il avait surtout besoin d'élucider le mystère qui s'épaississait.

— N'accepte pas alors. On n'est pas encore fiancés ou engagés, reprends ta liberté et moi la mienne.

Soufflée par sa désinvolture , elle avait changé de ton : si son attitude un peu brusque avec les patients était en cause, elle comprenait—c'est dingue ce qu'elle comprend, se dit-il, en se forçant à l'écouter — on lui avait ressassé la distance, elle se blindait , mais elle était en quête du juste milieu —influence du cours de yoga ? —et avec son aide, elle trouverait : il était si patient, si brillant , on en parlait dans tous les services —un peu de pommade et ça glisse : ou je m'incline, mea culpa , je suis un être abject , pardon , je serai un époux exemplaire , ou je redresse la tête et je plonge pour retrouver une femme aussi complexe que la relativité d'Einstein, qui peut-être n'a rien éprouvé pour moi , qui n'hésite pas à tout plaquer , mais dont je ne peux me débarrasser : première option : je suis ligoté et que je procrée ou non je vais mener une vie infernale et pire, ennuyeuse . Seconde option : je me retrouve dans une existence infernale mais je ne m'ennuie pas. La seconde option est la meilleure. De quoi parlait-elle ? des relations avec les gosses, de l'aide à lui apporter. »

—Possible mais tu trouveras sans moi. Il vaut mieux qu'on se quitte maintenant en bons termes, tu

échappes à un individu impossible, irrécupérable,
sauf peut-être par une autre femme, une d'avant.

—Avant ?

 Agacé, il reprit : » un d'avant, avant toi, ne cherche
pas. Je fais mon sac et je me tire ». Et il s'était
retrouvé sur son lit d'étudiant en contemplation
devant la carte d'Amérique du sud où l'Amazonie
avait l'air d'avoir été grignotée par des souris.
Combien de temps Fischer mettrait-il à localiser cette
association ? Qu'elle soit devant lui, là, dans cette
chambre, il la traiterait de tous les noms, lui
flanquerait une raclée, la consolerait, l'épouserait, lui
ferait deux ou trois enfants et il prendrait un cabinet
à mi-temps. Voilà, ce serait simple. Quatre jours et il
était au même bar avec Florian Fischer, les mains
moites, les jambes en coton :

—Elle travaille en effet pour une association
juridique, droit de la famille, aides diverses, déclara
l'avocat.

 Il s'apprêtait à bondir vers la porte de sortie mais
Fischer ajouta, en baissant le ton : » Elle est en
mission à l'étranger pour un an, l'île de M : formation
des juristes, respect des droits de l'homme etc…
médecins sans frontières mais pour les avocats. « La
gorge sèche, il avait bredouillé : « elle reviendra ?
l'île de M. ? c'est dingue ! » Florian Fischer lui tendit

la main, il était en train de se noyer, et très doucement, lui dit :

—Vous ne l'avez pas perdue, je vous assure, moi, c'est une autre histoire que peut-être je vous raconterai. Si Beatrix était autre, elle ne serait pas celle que nous aimons.

L'ile de M : plus de dix mille kilomètres, un endroit paumé en plein océan, un bout de terre microscopique : volcanique, soumis aux ouragans, aux tremblements de terre, famine, instabilité politique, système de santé défaillant, respect des droits de l'homme constamment bafoués, l'une des pires prisons du monde : la totale, soupira Alan en essayant de dormir. Qu'est-ce qu'elle est allée foutre là-bas ? Le matin le trouva avec la gueule de bois. Sabine s'affairait, puis les mains sur les hanches le toisa :

—Vous êtes abattu, qu'est-ce qui vous arrive encore ? Mademoiselle Cécile vous a largué ? Cela fait le tour du service.

Elle pouvait bien raconter qu'il était pervers, fétichiste, il s'en foutait.

—Elle est à dix mille kilomètres et des poussières. Bon, on a qui aujourd'hui ? Charlie ?

—Stationnaire, mais ce matin mademoiselle était là, devant le distributeur de boissons, non à dix mille kilomètres. Même avec des trous de mémoire, je m'en souviens très bien, elle a pris un chocolat.

—Pas elle, l'autre.

—Vous en avez combien ? il faudra choisir.

—Elle fait dans l'humanitaire, un an : douze mois, trois cent soixante-cinq jours. Je ne vais pas survivre.

 Elle lui tendit un gobelet : un thé citron, ça avait un peu goût d'insecticide mais très bon pour le moral. On appela aux urgences. Elle le poussa vers la porte. Une petite avait avalé du produit vaisselle : maman en larmes. Il parcourut les résultats du labo : rien de nocif dans les ingrédients.

—Tu vas manger du pain, mastiquer, ça va absorber. Pas d'eau jusqu'à demain ou ça va mousser. Tu fais des bulles, coquine. On ne peut pas tout mettre sous cloche, dit-il à la mère rassurée, vous voyez, moi, ma petite amie est à dix mille kilomètres, vous vous rendez compte ? Un an, le nombre de jours, de minutes, de secondes. J'en ai le vertige. Au suivant : il a bu quoi ? de la vodka ? et il vomit partout ?

—Il dit de ces choses, mais de ces choses, s'alarmait une autre maman en tailleur pied de poule. Le coma quoi.

Le diagnostic étant posé, il observa le zozo d'une douzaine d'années qui entre deux nausées répétait qu'il niquait sa mère.

—Bon, on va aller dégueuler ailleurs, hein ? et après un cachet matin, midi, soir, pendant deux jours. Pas de coma : je vous explique : l'éthanol bloque les connexions cérébrales, on passe sur les détails, on ne respire plus, le cœur s'arrête ; vu qu'il crie, il a du souffle, donc pas de coma. Au lit.

—Et le tapis ? il est dégoûtant, un cadeau de mariage de mon beau-père.

Il séchait : Sabine sauva la face : « eau et vinaigre, on ne fait pas d'ordonnance par contre, ce ne sera pas remboursé, on rembourse de moins en moins. Très chic le tailleur, la sortie est à gauche. Et toi, pas de vilaines manières sous la couverture ou panpan fessée.

—Oh ! s'exclama la brave femme, il n'en est pas encore là. Je surveille.

Sabine leva les yeux au ciel puis le prit à parti :

—Vous pensiez encore à autre chose ? Votre petite amie, enfin celle qui remplace l'ex petite amie, une que vous connaissiez avant, elle fait dans l'humanitaire, c'est très bien de s'engager ainsi : on fait des rencontres intéressantes. Je suis partie à vingt ans, rentrée pour Alexandre, le prénom du conquérant macédonien, le fils de, comment se nommait-il ? peu importe.

—Vous avez un fils ? vous ne l'évoquez jamais. Il est né là-bas ? et son père ?

—Philippe, roi de Macédoine, père d'Alexandre le grand. Quel père ? vous êtes apathique ce matin. Bref, il est passé comme une lettre à la poste, bien qu'il n'y ait pas de boîte aux lettres, avant que l'ambassade n'explose, pas un attentat, une canalisation de gaz usée. Nous avons eu du pain sur la planche, si je peux employer une expression imagée, ça et une nuée de sauterelles, une des sept plaies d'Egypte, quelles sont les six autres ? je les récitais par cœur autrefois. Naturellement une femme seule, jolie, elle est jolie ? oui, évidemment, vous n'allez pas draguer Georgette, la secrétaire, vous savez ce qu'elle m'a dit ce matin ? non, moi non plus, j'ai oublié, où en étions-nous ? une femme seule est une proie rêvée, notez que lorsqu'on n'attire plus aucun prédateur, même les plus usagés, on se pose des questions. Je crois que le voyant rouge est allumé : pas de panique, pas de panique .... Des rencontres dont on garde des traces, qu'elle en profite ! Une femme de caractère, pas une poule mouillée, on s'est trompés de couloir, où avez-vous la tête ?

Malgré la réprobation de Sabine il se rongeait les ongles : il se porta volontaire pour les nuits de garde des fêtes : sa mère lui avait reproché, en vrac, l'abandon de Cécile, le mépris des traditions familiales, son absence de réalisme, et son libertinage, mot qu'elle avait articulé avec une intonation horrifiée. Sa principale occupation consistait à étudier en détail l'histoire de ce pays, cerclé de rouge sur une carte du monde, et à calculer le temps pour s'y rendre, en bateau, en radeau, et à la nage en tenant compte des courants et des vents contraires ; il se rendit au siège de l'association, mû par une curiosité malsaine. Deux escaliers en colimaçon l'amenèrent devant une porte de fer rouillée avec un panneau « AAF sonnez et entrez ». Une salle d'attente vide, des bureaux séparés par des cloisons de plastique transparent : là, elle était venue, là elle avait mûri son projet d'où il était exclu. Un grand type aux cheveux presque aussi longs que ceux de Julien l'avait aperçu : tee-shirt tombant sur les hanches, jeans au niveau des fesses, et plusieurs bracelets de perles en verre coloré autour des poignets. De plus près, il nota un tatouage serpentant dans le cou, une guirlande de fleurs. Si seulement il s'était fait tatouer ... elle serait restée avec lui au chaud, sous la couette, au lieu d'aller se déshydrater dans la jungle. Buvait-elle assez ? Il tourna les talons et descendit l'escalier à toute allure pendant que le tatoué l'interpellait : « vous avez des ennuis avec les flics ? «

Son service était en ébullition.

—On vous attendait, l'agrippa son chef, on a un ouragan sur l'île : les associations cherchent des médecins spé pour les enfants : vous êtes spé, célibataire, sans charge de famille, vous partez demain soir : vous amenez des colis de pansements, désinfectants, enfin du matos. Je serais bien venu mais j'ai passé l'âge. Dix heures de vol, si la météo le permet. Ordre d'en haut : notre hôpital aura une réputation de fraternité, solidarité : à nous les travaux dans le bâtiment deux : appels d'offres pour la toiture, réfection complète des sanitaires constamment bouchés, j'ai aussi pensé à un aquarium dans la salle d'attente, c'est tendance ; les enfants adoreraient les poissons et ça ne fait pas de bruit. On en a un qui se balade avec une perfusion dans tous les couloirs en chantant vous savez ce truc ? « Je n'aime pas la société etc... « je ne supporte plus.

—Il sort demain.

—Tant mieux, ça et le spectacle de clowns pour les plus petits avec des cymbales, abominable. Allez-y.

Marc a barricadé les fenêtres et la porte, en pestant : celui-là arrive en retard, normalement en décembre, on est tranquilles. Il a entassé des seaux d'eau, rempli la baignoire, des jerricanes, amassé des bougies, des lampes torche, une radio à piles, des biscuits dans la salle de bains hermétique. Dehors les voisins du quartier s'activent aussi. Pendant ce temps sa colocataire plie soigneusement ses robes et les place en haut d'un placard.

—Tu as mis de l'insecticide ? mon verre et mon chat en bois ?

Il lève les yeux au plafond qui dans quelques heures ne sera peut-être plus là : avec ce qui se prépare, les bestioles ne vont pas se balader. Une vraie chieuse pour les araignées et cafards qu'il écrase d'un coup de godasse en pleine nuit mais extra : placide, super douée pour établir le contact avec les gens, elle ne s'inquiète de rien sauf des indésirables bêtes nocturnes. Elle amène un paquet de papier hygiénique, il avait omis ce détail, des cigarettes avec un cendrier, et une robe de rechange avec des sandalettes assorties. Un nécessaire de toilette,

parfum, brosse à cheveux et crème hydratante vient
compléter leur installation. Il a du mal à piger
pourquoi cette fille en master deux, très bien élevée,
s'est embarquée dans l'aventure au lieu de terminer
ses études et de s'installer dans un cabinet
d'avocats.

—Qu'est-ce que j'oublie ? elle ferme ses yeux bleus,
d'un bleu très pâle puis claque des doigts : « mon
livre, tu ne l'aurais pas vu par hasard ? » Elle les
commande par internet, et les empile sous la table
de chevet. Lorsqu'il l'a vue débarquer, en petite robe
violette, les cheveux nattés, avec des lunettes de
soleil, il s'est dit qu'on recrutait vraiment n'importe
qui : dans deux semaines, elle reprendrait l'avion.

—Ravie de faire votre connaissance, Beatrix Fontane.

—Marc tout court. Vous n'avez qu'un sac ?

—Oui, il en fallait davantage ?

Le sac pesait une tonne : des livres de droit, des
dictionnaires, des études sur l'île, quelques sous-
vêtements dont il avait détourné le regard, un chat
en bois, et une enveloppe remplie de sable. Dans le
haut de villa qu'ils partageraient, elle s'était
exclamée devant la vue sur l'océan : « magnifique !
« . Ouais, qu'elle ne s'attende pas à un club de
vacances … le soir même, après lui avoir emprunté
un vieux pantalon de coton et un maillot usé, pieds

nus, elle avait commencé un ménage terrifiant : placards désinfectés, sols récurés à l'ajax, sanitaires javellisés, portes et montants de fenêtres briqués, dessous des lits lavés à la serpillère, draps changés après avoir été examinés à la loupe. Deux énormes araignées délogées : « Marc, cela vous ennuierait de les mettre dehors ? ou de les faire passer à trépas si elles sont réfractaires ? » Il avait obtempéré. Cela ne durerait pas. A une heure du matin, elle avait pris un bain lui tendant du bout des doigts ses vêtements propres. « À sécher sur le fil, installé sur la varangue ».

—Vous devriez manger et dormir, avait-il remarqué.

Et un sourire de gamine avait accueilli sa proposition : elle n'avait ni sommeil ni faim, il était temps qu'il lui explique son travail, elle prenait des notes, posait quelques questions pertinentes mais il comptait sur le baptême du feu, après le repos du dimanche. A trois heures du matin, elle l'avait libéré : le décalage horaire la perturbait. Le lendemain, fraîche comme une rose, elle avait déclaré aller au marché puis elle irait se baigner en soirée.

—Au marché ? il faut négocier.

—Je négocierai. Une petite promenade me fera le plus grand bien.

Il l'avait vue revenir avec plusieurs paquets : robes, falbalas, et produits locaux. Après avoir bricolé une salade assortie de fruits de mer, « le tout était bradé, on m'a fait une réduction en cadeau «, elle avait accroché un hamac et s'était cassé la figure. » Bien fait, tu vas en voir d'autres : une réduction ? « Il avait fixé le hamac où elle s'était balancée une partie de l'après -midi avant de se lever, d'étirer les bras :

—Je vais nager dans la nuit, cela vous tente ? Non ? quels risques ? Ah ! j'éviterai le quartier alors. A tout à l'heure, il reste des crabes de terre avec beaucoup de piment, cela se mange. Qu'est-ce que j'oublie ? ma serviette.

 A son retour, le logement était plongé dans le noir : « on partage l'électricité avec les voisins, eux deux jours, nous un : on n'est pas répertoriés : vous pigez ? »

—Branchement illicite ? soit, mais il n'existe aucune raison objective pour nous pénaliser. Je vais les voir.

 Elle allait se prendre un savon, il en jubilait d'avance. Armée de son dictionnaire, elle était allée frapper chez ceux du dessous ; il avait prêté l'oreille, pas d'éclats de voix : anormal. Une heure plus tard l'ensemble des logements était illuminé.

—Il suffit de mettre deux branchements, pareil pour l'eau. Ils sont charmants : tenez quelques fruits en guise de dessert. Je vais me dessaler et dormir.

Elle était restée, avait abattu un boulot de tri de paperasses en trois jours, donné des cours aux élèves juristes avec une modestie adorable, et résolu un certain nombre de cas épineux de violences contre les femmes. Le samedi matin était consacré au ménage à fond, l'après-midi à la révision des entretiens de la semaine, le dimanche, elle approvisionnait, liée avec la plupart des voisines, et trois fois par semaine nageait tantôt le matin, tantôt la nuit. Il refusait systématiquement les invitations dans les villas forteresses des nantis :

—Pourquoi ? venez donc. A défaut d'entente, nous aurons des petits fours.

Vêtue d'une robe bleue toute simple, les cheveux relevés en chignon, avec des chaussures à petits talons, elle avait conquis la plupart des huiles par sa façon de rire aux plaisanteries douteuses, et de grignoter sans en avoir l'air : elle écoutait, parlait peu et enregistrait pour tirer en privé quelques conclusions pratiques : « Vous savez, celui-là aura intérêt à faire creuser des fossés pour les eaux de pluie, ou les locataires iront ailleurs ».

—Ailleurs ? ils n'ont nulle part où aller.

Et son rire l'avait cloué net : « le bluff, Marc, le bluff : on évoque un article de la presse internationale «

—Vous avez des contacts avec des journaux ?

—Aucun mais ils ne sont pas censés le savoir.

Jamais elle n'avait de nouvelles de la métropole, jamais elle n'en donnait. Entre ses façons de la haute société et son sens pratique de la combine, elle ne se classait nulle part. Deux ou trois fois, en regardant le sable au fond du verre, elle avait paru mélancolique mais une minute plus tard elle se plongeait dans un livre. Elle ne fréquentait aucun homme et elle avait mis un mois avant de le tutoyer.

Alan suivait l'arrivée du monstre aux infos : pile dessus, et il grossissait ce pourri : ouragan ou cyclone ? « C'est pareil « avait tranché Sabine, arrêtez avec les ongles ! «. Florian Fischer lui avait téléphoné :

—Vous partez ? très bien : nous n'avons plus de communications, tout est au point mort. Retrouvez-la, si vous avez besoin de quoi que ce soit …

Deux jours à transpirer dans la salle d'eau où elle vaporisait une bombe désodorisante et lisait à la lueur des bougies. Il lui racontait ses expériences précédentes, elle évoquait l'art de la renaissance italienne. Elle avait accroché des cartons devant les toilettes pour préserver leur intimité un minimum. Lorsqu'ils sortirent prudemment, la porte avait été arrachée, un manguier déraciné gisait sur le capot d'une voiture, certaines toitures s'étaient envolées, des bateaux flottaient au large, coques renversées. Tout le monde était dehors, et constatait les dégâts : pas de blessés dans cette partie de la ville mais en bas les canalisations d'eau avaient été arrachées, des ruisseaux fétides coulaient. Le soir, tous s'installèrent à la belle étoile, pour éviter un effondrement d'un pan de mur ; on comparait avec la dernière fois, on se désolait d'avoir perdu des meubles, on se faisait une raison, l'essentiel était d'être vivant.

Dans l'avion, on ne parlait pas beaucoup : des chiffres approximatifs de blessés, des morts, et une pensée les hantait : l'épidémie. Des tentes se dressaient aux abords de la ville : c'était pire encore que les images des infos. Les deux hôpitaux étaient hors service. Tout manquait, à commencer par l'électricité : les autorités venaient de mettre en service des groupes électrogènes pour des blocs de soins improvisés. On leur servit un café froid, et chacun fut affecté à un service. Ils seraient deux pour les urgences infantiles, lui et Aurélie, médecin généraliste, dont c'était la troisième mission. Aucun n'avait dormi mais ils ne sentaient pas la fatigue. Très vite, les blessés étaient arrivés. Il agissait vite, calme, propulsé dans un univers qui était le sien : plusieurs étaient condamnés : il échangeait un regard avec Aurélie, effleurait un front, une main, chuchotait « ça va aller, n'aie pas peur «.

 Douze heures non-stop, on changea l'équipe. Dormir, ne pas penser, dormir surtout, le bruit des bêtes de la nuit le berçait, il sombra dans le néant pour à cinq heures recommencer. Quatre jours confrontés à la mort, à la souffrance, aux pleurs silencieux des familles résignées. Le premier cas de choléra, un tout petit se présenta le cinquième jour : « on y est », pensa-t-il, en lui fermant les yeux. Une réunion de crise eut lieu le soir même : les mesures à prendre, interdiction de boire de l'eau non bouillie, désinfection complète etc... le nord était le plus touché, certains villages coupés du monde. Pour la première fois, il pensa à Beatrix : son portable devait être hors service, il se renseigna sur une association juridique : personne ne connaissait : il se résolut à appeler Florian Fischer : il avait contacté le siège de l'association, pas de nouvelles, tous étaient très inquiets. De quoi manquait-on là-bas ?

—D'eau, de pastilles désinfectantes, de tout en fait :
il faudrait surtout des équipes de prévention.

—Je vois, je vais essayer de faire jouer une relation.

Aurélie s'assit à côté de lui : pourquoi était-il venu
exactement ?

—Au début pour une femme, elle travaille dans une
association juridique, et maintenant pour essayer de
faire ce que j'ai appris. Et toi ?

Elle regarda dans le vague : « impression d'être utile
plus que dans un cabinet, même si c'est une
impression. Le pire est que c'est beau ce paysage,
incroyable, non ? ».

Marc avait revêtu une chemise palmiers ananas
dans laquelle il flottait :

—Je suis grotesque : il me manque l'appareil photo,
et on me prendra pour un touriste.

Elle se retourna : il était très bien, un coup de ciseau
dans les cheveux et ce serait parfait. Elle avait fait
sécher une robe noire, l'avait agrémentée d'une
ceinture en perles, et dénoué ses cheveux.

—Je ne vois pas notre rôle dans cette Garden party,
rechigna-t-il.

—Tu feras tapisserie, et je préfère être accompagnée pour le retour : les pillages ont commencé mais si cela te donne des boutons, j'irai seule.

—Sûrement : pour te trouver demain matin dans une décharge, je me dévoue, tu as vu mes chaussures ? elles ont rétréci.

Alan défroissait une chemise bleu pâle. Aurélie se mit à rire :

—Dis donc, tu vas faire tourner les têtes de toutes les femmes !

—Je m'en fiche, pourquoi sommes-nous représentants ?

—Parce que ... ? tu peux te détendre un peu ?

La villa du délégué était quasiment intacte, seul le parc avait souffert, des branches d'arbres cassées envahissaient les allées. Au fond, sur une terrasse, une foule discutait devant un buffet. Elle était dans une discussion animée avec un groupe, les cheveux brillants, son corps mince serré dans un fourreau noir agrémenté d'une ceinture. Il se figea. Aurélie lui dit à voix basse : « c'est elle ? classe, la haute. Mais qu'est-ce qu'elle fait ici ? «

—Cela fait des semaines que je m'interroge, retiens-moi ou je lui file une baffe.

—On n'est pas là pour ça, mais pour la prévention, fais taire tes pulsions. On s'approche : on est représentants de l'aide médicale, je te signale.

L'homme qui semblait diriger la conversation s'exclama : « la délégation des médecins, enfin ! nous vous attendions avec impatience pour avoir votre avis. » Elle s'était retournée et il croisa son regard d'ailleurs comme il l'appelait : déstabilisée quelques secondes avant de l'accueillir par « un docteur Bryan, quelle surprise ! vous vous êtes égaré ? mon colocataire et collègue, Marc «. Il détestait l'ironie avec laquelle elle masquait son trouble. Il adopta le même ton mondain :

— Beatrix , n'est-ce pas ? Beatrix Fontane ? enchanté de vous savoir hors de péril. Ma collègue Aurélie.

—Puisque vous vous connaissez, reprit le leader, on va collaborer plus facilement. Où en étions-nous, Beatrix ?

Et cet individu en chemise blanche empesée l'appelait par son prénom ... quant au collègue avec sa gueule de surfer, il lui aurait bien foutu son poing dans la gueule. « A une répartition des forces de police et de l'armée, avait-elle repris, —et le son de cette voix le faisait frissonner— je conviens qu'il est indispensable de mettre un terme aux pillages mais s'occuper des sans-abris n'est-ce pas corollaire ? Qu'en pensent les médecins ? « Il s'était ressaisi : tout à l'heure, il la coincerait derrière un palmier et pas pour causer des pillages.

—Nous avons une épidémie de choléra à endiguer :la prévention sera notre arme principale : pour cela, nous aurons besoin d'auxiliaires. Sinon, on s'achemine vers la catastrophe, Aurélie, ton opinion ?

Cette dernière hocha la tête, on ne pouvait pas à la fois traiter les blessés et les cas de plus en plus nombreux et en même temps apprendre à la population à se protéger.

—Vous pouvez nous détailler les mesures de prévention ?

Il la haïssait, elle avait à la main un verre de vin blanc, et sous les lueurs de la nuit, il entendait « encore, s'il te plaît «.

—Ne pas boire d'eau contaminée, la faire bouillir le plus longtemps possible, lavage des mains, éviter fruits et légumes, nettoyer vêtements et sols, isoler les cas suspects. Pour les sols et vêtements, de l'eau avec désinfectant. Nous allons recevoir des pastilles, et autres produits.

Elle le gratifia d'un sourire ; « tu te fous de moi ? si tu chopes cette saloperie, tu ne vas pas sourire, crois-moi «.

—Voilà qui est clair : que diriez-vous d'un quart pour rétablir la sécurité, un pour reloger provisoirement les victimes et deux pour l'éducation sanitaire ? Histoire de démontrer la collaboration efficace avec les secours internationaux, et votre sens des priorités.

 Après une rapide concertation, le projet fut approuvé. Elle s'était mise en retrait, il la prit par la main, « nous avons des affaires privées, mademoiselle Fontane, venez « et derrière le palmier qu'il avait repéré, il la bloqua contre le tronc : « tu peux me dire à quoi tu joues ? tu savoures des boissons alcoolisées ? Pourquoi es-tu partie ? »

—Je n'ai rien à te dire. Par contre, tu n'es pas là par la grâce de la Providence : qu'est-ce que tu cherches ?

—Toi, au cas où tu ne l'aurais pas compris. Ce n'était pas une simple aventure estivale, on avait des projets.

 Elle alluma une cigarette, lui en tendit une :

—Tu avais des projets, les tiens. Nous ne sommes pas ici pour faire dans le sentimental.

—Je m'en suis rendu compte, mais tu vas réciter le code civil aux agonisants ? On a plus besoin de gens pour laver les sols que de juristes.

 Les paroles lui avaient échappé : elle écrasa la cigarette dans la terre gorgée d'humidité :

—Il n'y a rien d'humiliant à nettoyer les sols, quant au travail de juriste, il va vous décharger de la prévention. Mais monsieur arrive, on ne connaît rien au pays, on décide, on bombe le torse. Figure-toi que nos hôtes n'ont pas grand-chose à faire qu'une partie des miséreux crèvent du choléra ; ce ne serait pas la première fois. Et ces malheureux ne vous accueilleront pas comme des sauveurs. Les inutiles dont je fais partie font pression pour que les forces de l'ordre soient à vos côtés : on n'apprivoise pas les gens si aisément. Là aussi, nous jouons un rôle, modeste mais j'ose croire qu'il n'est pas aussi dérisoire que tu viens de le dire.

 Elle allait s'éloigner, il la retint par le bras : il s'excusait, ses paroles avaient dépassé sa pensée, il avait appris pour ses parents.

—Vraiment ? que viennent-ils faire dans une catastrophe naturelle ? tu fais fausse route Alan, garde ton misérabilisme de pauvre orpheline traumatisée pour plus tard. Et prends garde à toi pour ta mission, on va t'envoyer dans le nord où j'ai séjourné : j'espère que tu sauras mettre la main dans le seau de lessive ou les persuader de ne pas procéder à une veillée funèbre. Sur ce, nous n'avons plus rien à nous dire.

—C'est ce qu'on verra.

 Elle haussa les épaules et ajouta : « Ne me prends pas pour une imbécile, si tu es ici, c'est parce que Florian Fischer a appelé ton chef de service, si un avion arrive avec du matériel et des médicaments, c'est grâce à ses relations, et si tu as été nommé délégué ce soir, idem. Il se moque bien de toi, il tient à me retrouver. J'ignore par quelle voie il t'a contacté mais le délégué a cité son nom avant ton arrivée. Et le connaissant, je dois te confier que l'humanitaire est le cadet de ses soucis «.

 Il mit quelque temps à réaliser, trop de coïncidences en effet auraient dû l'alerter : manipulé à ce point par l'avocat ?

—Un livre, reprit-il, sous le lit dans la chambre de l'été : il était de sa collection, il m'a donné rendez-vous, n'avait aucune nouvelle, et ton dernier logement a été retrouvé ; après, qu'il m'ait manipulé, possible, je ne te comprends pas : tu t'es enfuie de chez lui, tu me quittes …

—Ce n'est pas le moment d'en discuter : tu es là pour faire ton travail, tu le feras bien, et moi aussi. Je rentre, j'en ai assez.

Elle était partie, accompagnée du type à chemise bigarrée : Aurélie le rejoignit :

—Viens, tu vas dormir, demain tu pars à quatre heures du matin.

Dormir ? il venait de se prendre une raclée : non seulement, elle considérait leur été comme anecdotique mais éprouvait une animosité sensible pour Fischer. Qu'il l'ait exploité lui était indifférent : de toutes façons, il était là pour faire son boulot, le reste se résoudrait plus tard.

A quatre heures, il est dans un camion bâché, avec un paquet disposé pour lui à l'accueil du poste de secours : des biscuits, des bouteilles d'alcool du pays et un mot : « fais attention, Beatrix ». Une sorte de talisman qui atténue la déception de leur entretien. Les routes sont creusées d'ornières, la boue s'est craquelée sous l'effet de la chaleur, à la plaine succèdent des collines couvertes de forêts dans lesquelles l'ouragan a taillé à cœur joie : cela ressemble au paysage dévasté par un bombardement, les arbres couchés, racines exhibées de façon obscène, fouillis de végétation étrangement silencieuse. Le premier village est à trois heures de route, une ligne de maisons misérables, la rue principale jonchée de détritus, de meubles fracassés, extirpés des décombres pour se donner l'illusion de la continuité entre la vie avant et celle d'après. La place regroupe les habitants serrés les uns contre les autres, hébétés. L'odeur putride est suffocante. Les quatre soldats qui font partie de l'expédition sortent les premiers, se dirigent vers eux, désignent le véhicule : des hochements de dénégation leur répondent, ils sortent chacun un fusil, la foule se lève, recule.

—Putain, c'est la manière forte, s'exclame Pierre, un chirurgien, ça promet. On y va avant que ce soit l'émeute

—Laisse, intervient Patrice, on risque de faire pire.

 Patrice est depuis dix ans dans l'humanitaire, il partage des provisions, du café froid. Bientôt, une tête de gamin apparaît, les examine, tire la langue, disparaît.

—Alan, les relations avec les gamins récalcitrants, c'est ton domaine, des conseils ?

 Malgré un mal de tête épouvantable, il sort un paquet de biscuits fourni par Beatrix et se retrouve devant le gosse entouré d'une kyrielle de bambins, place un bandeau sur son visage, provoque l'hilarité, il fait le geste de se laver les mains, puis les abandonne avec les paquets de gâteaux. Les adultes ont suivi la scène, les soldats dressent des tentes, dont une plus grande. Au bout de la rue plusieurs cadavres s'empilent.

 Lorsqu'il repensera à ces trois semaines, il se souviendra de leur impuissance, des contacts houleux avec la population, du refus d'enterrer les morts le plus vite possible, mais aussi de leur dignité, de leur générosité : les bouteilles de Beatrix créaient une affinité, on partageait la même saveur. Au retour, ils se sont effondrés dans leurs tentes et ont dormi deux jours d'affilée. Aurélie l'a secoué le troisième matin, il a râlé, la tête ensevelie sous une veste en guise d'oreiller.

—Alan, quelqu'un t'attend.

—Je m'en fous ...

 Une voix familière prend le relais : « tu es sûr ? j'allais te proposer d'aller nager, de te décrasser un peu, mais si tu t'en fous «. Il sort la tête : elle est assise sur son sac, et l'observe :

—Nager ? où ça ?

— Dans l'océan ? Bois un café, passe-toi la tête sous l'eau froide, ta mère s'est décarcassée pour envoyer un colis : des couches pour bébés, du lait en poudre et des pacs d'eau minérale. Ils sont au téléphone.

La voix de ses parents lui semble irréelle : alors qu'il se préparait à une série de remontrances, ils s'épanchent : quelle fierté de dire aux voisins que l'un de leurs fils fait partie des médecins volontaires, d'insister « Nous, les Bryan, suivons à la lettre les principes de solidarité. Nous ne nous contentons pas de paroles et de sermons ». Il en profite pour inciter sa mère à organiser une seconde collecte : ravie, elle sera à l'entrée du centre commercial avec deux chariots, et glissera « Notre fils, médecin spécialiste, n'a pas hésité une seconde : il est au cœur de l'action ». Beatrix lui fera la remarque que les motivations des uns et des autres ne sont pas l'essentiel et cela lui fait plaisir qu'elle approuve les colis de ses parents.

En chemin, elle fait des signes à certains habitants, et l'amène dans une crique : le temps s'abolit, ils sont en zone interdite, elle nage à ses côtés, dérive, les yeux clos, longtemps, sous un ciel indifférent aux hommes. Il l'attire contre lui, tout se remet en ordre. Le soir, ils dînent ensemble, elle a préparé du riz avec du poisson, son colocataire est parti en vadrouille. C'est très mauvais, mais il a faim, elle lui explique que ce serait meilleur avec des épices mais ils ont été emportés par l'ouragan, comme la porte remplacée par un morceau de tôle. Ils ont le fou rire, et elle l'amène dans sa chambre, sous une moustiquaire ornée de papillons bleus. Sur le chevet elle a disposé un chat en bois verni, un verre avec du sable au fond : le chat est un cadeau de son père, il l'avait fabriqué pour elle, insiste-t-elle, très fière. La nuit, il s'éveille en sueur, hanté d'images atroces de chiens faméliques errant autour de la fosse commune : elle lui effleure les cheveux, il place sa tête sur son ventre, elle dit doucement que ça passera, que tout passe.

 Désormais, il vient chaque soir la retrouver ; l'épidémie commence à diminuer très lentement. Ils nagent, rentrent en silence, se retrouvent enlacés dans le mouvement de la vie, sans songer que dans quelque temps, il leur faudra se quitter : depuis deux mois, il est absent de son service, et on ne prolongera pas sa mission. Tout est si différent dans ce pays de nulle part où la beauté et la mort sont en perpétuelle symbiose qu'il lui vient à l'esprit de ne plus partir. Un matin, il tire les volets, elle plaque sa main sur sa tempe :

—Ferme s'il te plaît, j'ai mal aux yeux et à la tête.

 Cela fait deux ou trois jours qu'elle ne quitte plus ses lunettes de soleil.

—Montre-moi ça …

 Le bleu est devenu presque translucide, maculé d'un peu de sang, il agite sa main, elle ne la suit pas. Machinalement, il lui prend le poignet, son pouls danse la java comme dirait madame Sabine, elle a une fièvre carabinée. Il humecte son doigt, le passe sur ses lèvres, puis lui fait avaler un peu d'eau avec peine. « Ne panique pas, Bryan, s'encourage-t-il, sois pro : aucun autre symptôme à part les yeux et le mal de tête «. Sans se soucier du décalage horaire, il compose le numéro de Julien : il est quinze heures en France : ce dernier ronchonne mais l'écoute : d'après ce qu'il décrit, cela ressemble à une inflammation : il faudrait mettre des compresses d'eau bouillie, lui donner un antalgique et voir comment elle réagit. Qu'elle ne perçoive pas les mouvements est plus ou moins normal. Il le rappelle dans quatre ou cinq heures pour l'évolution. Après avoir dilué un cachet, il lui applique des carrés de coton imprégnés d'eau bouillie et refroidie. Le colocataire arrive en sifflotant :

—Un problème ?

Il l'informe, cela ne le surprend pas : plusieurs fois, elle a eu des maux de tête et ne parvenait plus à voir : il avait ramené des gouttes d'une officine locale et cela avait eu l'air de la soulager.

—Ok, on va attendre, je vais bosser. Tu as mon numéro ?

Chapitre cinq

 Elle est en enfer : des lames de feu coupent les yeux, des nains immondes, corps sanglés dans des vestes rouge sang, jettent des poignées de sable incandescent. La tête est cerclée de clous brûlants. Parfois, une fusée de feu d'artifice éclate : « la belle rouge ! regarde la bleue … qui lui parlait des feux d'artifice ? un bruit de tambour funèbre rythme la farandole des nains, qui soufflent dans des trompettes stridentes. Odeur de soufre. La gueule béante s'ouvre sur un bûcher de braises, elle hurle en silence.

 Il la surveille, lui fait boire un cachet toutes les deux heures, renouvelle les compresses. Julien les attendra au service dès leur retour. Elle refuse de rentrer, Marc est obligé d'intervenir : qu'elle ne se conduise pas comme une môme, elle se soigne, on lui garde son poste. Il a pris quelques vêtements d'hiver, appelé son chef de service pour l'informer que sa mission était terminée, Marc les amène à l'aéroport : et elle place sa tête sur ses genoux, mains crispées. Il caresse doucement ses cheveux, lui donne à boire, la rassure. Elle profite du répit du cachet pour aller aux toilettes, chaloupant entre les sièges, puis tâtonne sur la poignée. Elle sourit au retour, « j'y suis arrivée « et il a la gorge nouée parce qu'elle devient aveugle, suit les contours des objets, renverse le gobelet de jus de fruit servi par l'hôtesse, s'excuse, « je suis tellement maladroite, désolée », cherche à éponger le liquide qui imbibe son vêtement, renonce pour se blottir contre lui. Dix heures de vol, dix heures de supplice, contrôle d'identité, elle agrippée à son bras, brûlante, attente des bagages qui n'en finissent pas de tourner comme ce manège, lieu de leurs rendez-vous de l'été. Le froid les saisit, une file interminable pour un taxi : ce qui est si simple habituellement devient une épreuve. Quelqu'un la bouscule, elle a heurté ces maudits chariots, et s'assoit par terre, transie. Il compose le numéro de Julien, « envoie quelqu'un nous chercher « et Jean, un nouvel aide-soignant, arrive un quart d'heure plus tard, garé en triple file : il exhibe sa carte à un vigile agressif, juge de la situation, le chef épuisé, les yeux cernés, et une jeune femme près de lui, ensevelie dans un manteau sombre qui contraste avec la blondeur de ses cheveux et des lunettes de soleil : « Elle ne supporte plus la lumière », lui murmure-t-il, d'un ton las. Il ne se reconnaît plus dans cette ville où les voitures s'agglutinent devant un feu rouge, ces gens pressés qui s'engouffrent dans des magasins ou dans les bouches du métro. Julien les accueille : il l'installe dans une pièce sombre, met de la musique, demande à Maryse de servir de l'eau :

—Va dormir, je m'en occupe : je t'appelle dès qu'on a fini les examens.

 Revenu dans sa chambre d'étudiant, il a envie de pleurer la misère et l'indifférence du monde avant de sombrer dans le néant. Il doit être treize heures quand il s'éveille : son portable affiche plusieurs messages, il prend celui de Julien qui va droit au but : « une inflammation, difficile de déterminer ce qui a provoqué, et en prime une maladie peut être génétique, mais pas le plus méchant : là, une petite opération : après, quand on sera revenu à la normale mais elle va douiller : rien d'autre que des antalgiques sinon on compromet la suite. Entre deux et trois semaines : tu peux passer, elle a une chambre perso. Elle est très courageuse et... «

—Et ?

 Un rire à l'autre bout : « Rien, elle a lissé sa jupe avant de me tendre la main, j'ai trouvé ça craquant. Sinon, tout ce qui touche les autres sens, musique, parfum pour la distraire : en ce moment, elle dort ». Marc, Aurélie, d'autres ont laissé des messages, Alex, Sylvia, ses parents, Fischer : il répond en deux ou trois mots, se douche, descend dans un bar pour boire un café avec un croissant : il ne sera plus tout à fait le même, pas après ce qu'il a vécu, et il en prend conscience devant le verre d'eau potable amené par le serveur, un luxe auquel nul ne prend garde dans le monde aseptisé où il est né. Il a évité les collègues, il sera bien temps de discuter des nouvelles de son service, de résumer en quelques mots ce que d'aucuns qualifient d'aventure. Julien lui désigne la chambre, elle a pris un cachet, mais elle ne dort pas, les yeux bandés, les mains attachées :

—Pour éviter qu'elle arrache les compresses, précise l'infirmière qui place une perfusion parce qu'elle ne mange pas.

 Seul, il s'assoit près d'elle, lui effleure les tempes, et elle sourit, de ce sourire d'enfant devant le sapin de Noël. Une heure de sursis avant que les souffrances n'irradient le cerveau, la brûlure des yeux ne la saisisse, impitoyable.

—Alan, ne lui dis pas, balbutie-t-elle.

—De qui parles-tu ?

—De lui. J'ai un trou au bras. Promets. Tu es encore là ?

—Oui, je vais bosser dans un quart d'heure, je reviens ce soir et tous les jours. Je te promets. Le trou, c'est une perfusion, pour t'alimenter. Je vais détacher tes mains mais ne les mets pas sur les yeux : juré ?

—D'accord.

 Il lui fait bouger les doigts, s'amuse à les compter, « dix, ils sont tous là «, lorsqu'elle fait le geste de plaquer sa main sur son front : même pas une heure, soupire-t-il en nouant les mains. Madame Sabine l'informe des nouvelles du service, mais tout en notant il songe à des fleurs, des parfums, de la musique. Elle s'interrompt : « Quand on revient, on a l'impression d'être dans un décor, de ne plus avoir sa place, et puis on s'habitue «. Il acquiesce puis évoque son amie, sa façon de s'adapter à tout, l'aide qu'elle lui a apportée, et à voix basse, il ajoute qu'il aime tout d'elle, cela n'a aucun rapport avec le fait d'être amoureux mais s'il la perdait encore, il serait mutilé, le mot est juste, mutilé ou amputé d'une partie de lui-même.

—Je comprends, tout vous plaît en elle, mais vous n'êtes pas amoureux : monsieur Julien sait ce qu'il fait, vous pouvez lui faire confiance. Elle ne sera pas aveugle.

 « Si c'était le cas, » commence-t-il avant d'apercevoir Cécile : avec une coupe impeccable, un maquillage soigneux, elle houspille l'infirmière sur sa négligence puis l'apercevant s'écrie que le héros est donc de retour, que l'on devrait fêter son triomphe. Quel triomphe ? il se dirige vers la première chambre, sans répliquer.

Dix jours de douleurs, de lèvres mordues au sang, de délires dûs à une fièvre qui baisse pour revenir ensuite, plus violente. Trois fois par jour, il s'assoit près d'elle : il a un crédit chez le fleuriste : aujourd'hui ce sont des œillets, des vrais, pas des clonés sans odeur. Florian Fischer a appelé plusieurs fois, il s'est dérobé mais on ne leurre pas l'avocat.

—Un problème aux yeux ? quel problème ?

Il explique, finit par avouer qu'elle ne le veut pas au courant. Fischer reste quelques seconds silencieux :

—Bien, je la comprends, orgueilleuse, lâche-t-il. Je viendrai néanmoins : dites -moi ce qui peut la soulager.

—Pas grand-chose. Il faut attendre.

Julien l'a informé de sa visite : « on a beaucoup parlé du traitement, des maladies génétiques aussi, sympa pour un mec aussi friqué ; elle dormait, il lui a laissé une peluche ».

Elle triture un lapin aux oreilles démesurées :

—Mon lapin, bredouille-t-elle. Alan ? des insectes me grignotent les yeux. Le chat et le sable, ils sont où ?

Donne la nuit s'il te plaît, ils jettent le sable d'or. Cela sent le soufre, tu peux le faire : pourquoi tu ne les chasses pas ?

Il ne peut pas, et il ne le veut pas, mais remplace les œillets par des roses. Quand elle souffre trop, elle arrache des poils au malheureux lapin, nommé Cricri, et s'il a pigé son discours, cadeau pour ses deux ans. Il en serait presque jaloux. Le même soir, il cherche de la musique, tombe sur des airs de flûte indienne, modulations ni tristes ni gaies, mais apaisantes et a l'impression d'agir comme ces parents qui amènent des jouets dont on ne se servira pas. Cécile le harcèle, toujours sur son chemin ou dans la salle de repos. Ce matin-là, elle est particulièrement agressive : il paraît qu'il chouchoute une patiente de Julien, une fille ramenée de là-bas : mais beaucoup ont parié que ses yeux étaient fichus, la canne et le toutou, les livres audios, Julien lui ment par amitié. Elle fait mal, vise juste, il va aussi toucher son point faible :

—On raconte plein de trucs : tu aurais renvoyé une gamine qui se plaignait de la jambe ? « Du stress, Mademoiselle, rentrez chez vous «. Si Jean-Jacques ne s'en était pas mêlé, on avait une jolie catastrophe. Un caillot se balade et zou… terminé. Mais ce sont des bobards, n'est-ce pas ? Quelques mois avant la thèse, ce serait trop bête.

Elle a tourné les talons, en plein dans le mille, pense-t-il, salope va. Il branche les écouteurs à madame Sabine : un test, justifie-t-il, en guettant ses réactions. D'abord sceptique, elle ferme les yeux, se met à onduler d'avant en arrière, ce dont il ne l'aurait pas crue capable, comme quoi on ne se fie pas aux apparences, un sourire béat sur les lèvres. Il éteint :

—Alors ?

—On se croirait dans une prairie avec des anges et de beaux jeunes hommes, merveilleux !

Julien passe un savon à l'équipe : pour les paris, c'est sur les champs de courses ou dans les casinos, compris, sinon dehors. Tous sortent, tête baissée, il lui colle sa musique : à quoi pense-t-il ?

—Une île déserte, des femmes qui lissent leurs jupes, très zen.

—Très bien : essai concluant. Les images diffèrent selon les sujets mais l'effet est identique.

Et il place les écouteurs sur les oreilles en coquillage de Beatrix, observe : elle se détend.

—Elle n'ondule pas beaucoup, remarque-t-il.

—Chut ! elle dort, moi aussi, je vais boire un café serré. Au fait, inutile de te dire que je ne triche pas, on a passé le plus dur : dans une semaine, on enlève les pansements.

Depuis la veille, elle est dans le gris, gris souris, gris anthracite, gris perlé, gris bleu des yeux d'Alan : dès qu'un sabre de feu s'approche, elle agite son lapin. Les nains se sont enfuis, le tambour et la trompette se sont tues : une flûte chante la douceur mélancolique de l'éternel retour, le plaisir de dériver dans ses bras.

—Tu vas ouvrir les paupières lentement : ne crains rien, on est dans la pénombre, décris -moi ce que tu vois, ce que tu éprouves. Voilà, très bien.

La voix grave de Julien, pas celle d'Alan, elle essaie timidement, avec la peur de l'éclat des sabres, il l'encourage.   Ses paupières sont lourdes, chargées de sable, mais elle obéit. Deux ombres sur le mur, un carré plus clair à gauche, une fenêtre, puis la couverture, bleue : les ombres deviennent plus denses, un homme, grand, des cheveux blonds, en queue de cheval, et une femme, celle à la voix acide, l'infirmière.

—Bonjour Julien, tu es un chef viking ?

Il éclate de rire : « pas encore, ça viendra peut-être. Alan arrive dans cinq minutes ».

Chaque jour plus de lumière : elle prend un objet, l'examine attentivement, le repose à sa place, avec une minutie maniaque. L'opération se déroule sans problèmes, à part quelques nausées mais cela n'a rien d'exceptionnel. Julien lui pose les questions pour une fiche de suivi mais elle a des amnésies partielles : elle se rappelle du nom de sa mère, Celia Fontane, mais impasse sur le père. Est-ce qu'elle sait où elle se trouve ?

—Chez Alan ?

—On peut le dire comme ça, en effet. Et avant où habitais-tu ?

 Elle fronce les sourcils : avant ? dans une maison face à la mer. Elle travaillait dans un bocal ? un bureau vitré, traduit Julien, qui s'est fourvoyé dans les recherches d'antécédents génétiques : aucune trace de maladies oculaires. Florian Fischer ne s'est plus présenté : il a par contre proposé de l'accueillir chez lui : il dispose de personnel compétent pour assurer les soins, et il se déchargerait d'affaires pour passer du temps avec elle.

—Non, a -t-elle déclaré. J'ai une chambre dans un foyer, j'y retourne et ensuite je vais là-bas.

 Alan se heurte de nouveau à son obstination déraisonnable : avec précaution, il l'avertit qu'elle a perdu cette chambre et qu'elle n'est pas assez solide pour partir ce qui lui vaut une explosion de colère : elle a payé, elle se sent bien, personne ne dirige sa vie.

—On est d'accord, reprend-il avec patience, tu vas juste récupérer dans une maison de convalescence, je viendrai le plus possible, et après on peut habiter ensemble.

 Pas d'autre choix : il l'a amenée le vendredi soir : l'accueil est sympa, sa chambre spacieuse donne sur un parc ; elle défait son sac, pose ses deux objets sur le chevet, le lapin sur l'oreiller puis s'assoit devant la fenêtre, le dos tourné. Il a un pincement au cœur, elle paraît si malheureuse, qu'il se retient de pas l'emmener tout de suite. Le soir, on lui répond que tout va bien : elle dort beaucoup. Le dimanche suivant, il arrive vers onze heures : elle est assise en tailleur sur son lit : sur une feuille, elle dessine avec le sable du verre des chemins circulaires, ne lève pas la tête à son arrivée. Il débite un discours mille fois entendu dans les chambres des patients : est-ce que les repas sont bons ? si elle s'ennuie, on organise des activités ... elle croise son regard :

—Alan, je te dois beaucoup, mais cela ne te donne pas le droit de me traiter comme une gamine. Tu n'es ni mon père, ni mon mari : je suis majeure. Si cette peluche se trouve ici, j'en déduis que Florian l'a amenée lorsque j'étais à l'hôpital en train de naviguer entre deux eaux. Tu ne tiens pas tes promesses mais je ne t'en veux pas : il sait être très persuasif.

—Il t'aime beaucoup, pourquoi ne veux-tu pas l'admettre ? je ne te comprends pas. Tu pouvais aller chez lui, il l'a proposé. Ce n'est ni de sa faute ni de la mienne si tu as eu des problèmes : tu t'en tires bien. Alors ?

—Alors rien : cela ne te concerne pas. Par contre, j'aimerais que l'on fasse l'amour, là, dans cette chambre, maintenant.

 Désorienté, il refuse : pas d'activités physiques, et pas la tête en bas, a précisé Julien, satisfait de la cicatrisation lente. Mais difficile de résister à ce corps qui se déshabille avec nonchalance, se serre contre lui, chuchote qu'il a bien d'autres options que la tête en bas. Lorsqu'il rentre chez lui vers seize heures, elle l'accompagne. Il a signé une décharge à l'accueil, et advienne que pourra : elle contemple ses photographies de paysages, les juges superbes, et il est heureux de l'avoir avec lui, à lui peut-être ? Il s'assure qu'elle met les gouttes, prépare des repas, l'appelle plusieurs fois dans la journée et a embarqué les clés de la chambre. Peu à peu, elle prend des repères, entend son arrivée, fait le lit, même si elle se tient encore aux murs pour circuler dans la chambre. Un dimanche, il l'amène dehors ; elle examine les façades, les vitrines, les gens qui vont et viennent, ne le lâche pas, lui fait remarquer que c'est très bruyant, que cela sent la fumée. Les autres sens ne perdront que peu à peu leur sensibilité ou jamais. Désormais, elle est comme tout le monde ou presque parce qu'elle a gardé cette démarche dansante, ce regard singulier, ces gestes inachevés. Pas une fois elle n'évoque la mission à M. ni sa rencontre avec Florian Fischer. Amnésie ou simulation ? il ne se prononce pas, ne l'interroge plus sur son passé. Elle a toujours envie de faire l'amour comme si elle conjurait ces semaines de pénombre ce qui lui rappelle ses excursions estivales dans les dunes, avant leur rencontre mais cette sensation de la connaître vraiment, il ne l'éprouve que lorsqu'elle s'abandonne, tendue vers le plaisir, les yeux dans les siens.

Fin mars, il dispose de dix jours de congé : ses parents sont impatients de le revoir : alors qu'il s'attendait à un refus, elle accepte : deux jours en famille et ensuite un séjour en montagne avec Alex, Christel, sa sœur a sauté sur l'occasion, « collection neige et montagne, pas de neige ? tant pis « et au dernier moment, Sabine, née en Haute Savoie, avait calculé les heures sup non payées, soit trois mois, quinze jours, dix-huit minutes, faisant grâce des secondes. Tout s'était décidé au bar en face de l'hôpital où Alex lui avait donné rendez-vous : il avait résumé son voyage, ses doutes sur les problèmes de Beatrix :

—Ma mamie te dirait qu'on vient tous de quelque part mais qu'on n'a pas forcément envie d'en parler. C'est quoi ces véhicules qui hurlent toutes les cinq minutes ? tiens, ils déchargent un type avec un masque : tu ne pouvais pas choisir un autre endroit ?

Madame Sabine était passée avec un plateau en équilibre, il l'avait présentée :

—Un littéraire ! quelle bonne surprise ! je suis fan de poésie. Vous devriez venir au sous-sol entre midi et deux, nous ferions résonner ces murs de vers. On y est au calme, Alexis. Je préparerai des petites gâteries, ne vous méprenez pas : uniquement des petits cakes aux raisins de Corinthe. La montagne ? je suis née à deux mille six cents mètres, dans un hameau en plein hiver. Les routes étaient bloquées. Pourquoi pas ? un séjour culturel sur les traces des Chartreux ?

Elle s'était évaporée, et Alex, béat, avait interrogé sur le choix du sous-sol.

—Parce que les résidents temporaires, étiquette au pied, ne risquent pas de t'interrompre, avait-il blagué.

—Très drôle … pour rien au monde, d'ailleurs je ne donne pas mon corps à la science : il est ce qu'il est mais j'ai lu un article abominable.

—Je suis au courant ; moi, non plus. Mon chef sera furieux mais non : pour que des crétins jouent au foot avec mes couilles ou ce qui en reste, non. Tu t'étouffes ?

—Les miennes seraient tout juste bonnes au tennis et encore...

 Avec le recul, il conclut qu'il n'aurait pas dû l'emmener chez ses parents : non qu'elle soit vulgaire, au contraire : elle est trop bien élevée, trop habituée à fréquenter la meilleure société pour ne pas fêler la vitrine des Bryan qui trois générations auparavant trimaient à l'usine du coin. Fischer s'est informé à plusieurs reprises, s'effaçant peu à peu : « qu'elle aille bien est tout ce qui m'importe «. On lui a fait subir un interrogatoire d'inquisiteurs : son père n'est pas encore remis de la rupture avec Cécile, son espoir de cabinet envolé, ses aînés sont dubitatifs devant cette fille au visage angélique, et Sylvia lui a fait faux bond. Il les entend encore : « Juriste dans une association ? pourquoi abandonner vos études ? votre famille ne vous épaule pas ? vous aimez l'aventure, le risque ? vous êtes si jeune encore : vous verrez, on change avec l'âge. Puisque vous semblez compétente, vous avez bien quelques ficelles pour payer moins de taxes ? notre entreprise est en bonne voie mais pressurée de tous les côtés. Ou à défaut un avocat d'affaires ? «

—On peut toujours finasser, — calme, à l'écoute, elle fait mine de ne pas percevoir les sous-entendus sur une étudiante paumée, sans un centime qui exploiterait leur fils — un avocat d'affaires vous prendra plus qu'il ne vous fera gagner.

—Mais vous en connaissez ?

—Tout le monde connaît tout le monde.

 N'insiste pas, suppliait-il mentalement mais peine perdue : son aîné Dimitri enfonçait le clou.

—Florian Fischer, finit-elle par lâcher : brûlez un cierge avant de le rencontrer.

Son frère avait posé la question redoutée : elle le connaissait intimement ?

—Assez, pas au sens biblique mais assez pour vous obtenir un rendez-vous avec un de ses collaborateurs : il ne s'intéresse qu'aux affaires très délicates. Si vous le souhaitez, je peux bien sûr vous guider dans des déductions légales.

—Et vous n'entrez pas dans son cabinet ?

Elle avait pâli légèrement, s'était vite reprise : « Non, ce n'est pas mon objectif, Alan, tu m'avais promis d'aller faire une promenade sur la plage «.

S'étaient-ils précipités sur internet pour vérifier le nom et la situation ? toujours est-il qu'elle avait, sans le vouloir, contrainte par la pression de ces questions insidieuses, révélé qu'elle fréquentait un milieu particulièrement fermé. Sa manière de boire une tasse de café, de se lever de table, son habitude des réceptions mondaines avaient obtenu l'effet inverse : sa famille se sentait en -dessous bien qu'elle ait rempli le lave-vaisselle, et confié à sa mère qu'Alan avait été exemplaire dans sa mission, et qu'elle lui devait la vue. Sa mère avait grimacé : son fils nécessitait une compagne stable, équilibrée, en mesure de l'appuyer dans son travail. Pas besoin d'être devin pour comprendre « vous n'êtes pas celle qui convient ». Elle s'était contentée de murmurer « Je partage entièrement votre avis « ce qui avait dérouté la brave femme. Adossé au mur de la cuisine, il avait ragé : que venait donc faire l'opinion de ses parents dans sa vie ? Pourquoi ne se révoltait-elle pas ? « Combien vas-tu nous en ramener des comme ça ? » avait susurré son frère aîné avant leur départ.

Non, il n'aurait pas dû l'amener, c'était une idée stupide. Fischer avait disparu de leur horizon, et d'autres questions restaient en suspens. Le séjour en petite montagne allait lui changer les idées.

Chapitre six

Où Alex avait-il déniché un bled aussi paumé ? après le week-end chez ses parents, tout en négociant des virages en épingle à cheveux, il s'était excusé des questions indiscrètes :

—Rien de plus normal, avait-elle répliqué : ils tiennent à toi et à leur réputation : ils sont dans leur rôle.

 Agacé par cette analyse qui pointait les failles de son univers enfantin, il avait remarqué qu'il ne leur devait plus rien et décidait de sa vie. Elle avait gardé le silence. Le chalet était au fond d'une prairie, avec des balcons de bois verni et une pile de bûches sous une soupente. Leur hôtesse, Jeanine, les poings sur les hanches d'une circonférence impressionnante, leur avait octroyé une chambre de couple avec un lit à deux places. Le paysage était superbe.

—C'est magnifique, Alan, merci.

 Sa remarque avait effacé le reste. Les autres étaient au rendez-vous, présentations faites, ils avaient décidé d'un commun accord de prendre le menu du chalet, côtelettes d'agneau pomme de terre en robe des champs et tarte aux mirabelles, en sus du prix. Trop épuisés par le trajet pour se rendre à la ferme de Mathurin située à cinq kilomètres. Le reste du séjour, ils disposeraient de la cuisine. Le hameau offrait un bar épicerie et une église dont la porte était ouverte. Alex avait conçu un programme de découvertes culturelles alliant la randonnée à l'éducation : des vestiges d'ermitages, de chapelles et une abbaye abandonnée seraient donc les objectifs ; madame Sabine était d'une érudition époustouflante :

—Je ne suis qu'une bien modeste infirmière, mais j'ai consacré chaque année de ma vie à une période de la culture : actuellement, je suis dans le gothique flamboyant. Le domaine n'est pas skiable, ils vivotent, avait-elle ajouté avec une pointe de commisération devant les maisons abandonnées.

 Pour tuer le temps, ils s'engagèrent dans l'église : Alex s'enthousiasma sur la charpente en bois, interrompu par Sylvia : « du moment qu'elle ne nous tombe pas sur la figure, c'est mangé aux vers ». Madame Sabine avait fait tomber une pièce d'un euro dans un tronc vermoulu pour l'illumination : à peine avait-elle appuyé sur l'interrupteur qu'un éclair bleu zigzagua dans la pénombre : elle secouait son doigt, Alan examinait les branchements : « pas étonnant, les fils sont dénudés, au moins vous avez le cœur solide «.

—Tu fais mettre le doigt dans une prise à tes patients ? observa Beatrix qui fit pouffer sa peste de sœur, l'eau du bénitier est gelée.

Elles avaient sympathisé, Sylvia la jugeait extra, lui exposant ses projets pendant une bonne heure : rien ne déconcertait Beatrix, elle s'adaptait à tous ses interlocuteurs, réservée sur sa vie privée, et il venait à l'esprit d'Alan l'image de ces caméléons qui prennent la couleur de leur environnement pour échapper aux prédateurs. Christel se dirigeait vers la sortie : « moi aussi, je suis gelée : la religion est l'un des piliers du patriarcat, je vais au bar «. Alex, vexé, fut réconforté par Sabine : « ils y viendront, Alexis, ils y viendront ». Le café était désert : une serveuse, en minijupe sur des bas résilles noirs, leur mit d'office des sodas d'un orange vif sur une table recouverte d'une toile cirée à carreaux rouges et blancs. Chacun d'eux ôta les glaçons des verres, sous le regard soupçonneux de Josiane, la nièce de tata Jeanine, précisa-t-elle avant de leur annoncer « quatre euros par personne vu qu'on est en haute saison « Alex examinait le liquide : « années soixante, le triomphe des colorants en E ».

—Haute saison, nota Sabine, vous plaisantez, on est en mars. Nous sommes les seuls visiteurs.

—Ici, la basse saison se finit fin mars et dans deux semaines, ce sera noir de monde.

 Un antique babyfoot trônait au fond de la salle. Alan brisa le silence en invitant Alex à faire une partie. « De grands enfants « commenta Sabine « je supporte mon chef, et vous ? » Sylvia se refusa à se métamorphoser en pom pom girl, suivie par Christel. Beatrix encouragerait donc Alex. La partie était à cinq euros, deux pour neuf, trois pour dix -sept … « bizarre, trois fois cinq, ça fait quinze, « calcula Alan.

—Ici, on fait trois pour dix-sept, le troisième compte plus, vu que c'est la décisive, trancha Josiane perchée sur un tabouret.

 Vers dix -neuf heures, attablés dans une salle à manger dont la température avoisinait les onze degrés, Jeanine leur servit une côtelette calcinée côtoyant une demi pomme de terre roussie, une carafe d'eau où flottaient des cubes de glace. Vu que l'on était en haute saison, précisa leur hôtesse, la température se radoucissait, elle n'avait pas mis de bûches dans le poêle à bois.

—La robe des pommes de terre est ravissante, remarqua Beatrix, un dégradé de feuilles mortes …. Charmant.

—Piqueté de points noirs, ajouta Sylvia, collection automnale.

 Du salon parvenait un hurlement de foule en délire devant le gain astronomique d'un jeu de questions. Un grand gaillard en pull de laine brute apparut dans l'encadrement de la porte et mit une tarte aux mirabelles en demi -lunes au centre de la table :

Anselme, le neveu de tata Jeanine ; s'ils souhaitaient l'accès au téléviseur, c'était dix euros de l'heure, moins cher que le cinéma. Il proposait de les emmener à la grotte aux mille feux, hors sentiers battus pour trois cent quatre vingt dix neuf euros, une expérience inoubliable, par personne évidemment et … Sabine lui coupa la parole : « mon brave, nous ne doutons pas que ce soit extraordinaire, mais nous avons un planning culturel chargé. Excusez-moi, mais vous ne mettez pas de sucre sur les mirabelles ? »

—Jamais, ce n'est pas bon pour la santé. Vous avez fini ? On paie en liquide, vu que des fois vous auriez l'idée de vous sauver. Soixante-dix par tête.

 Ils se regardèrent : pas de chèque ? pas de carte bancaire non plus ? Ils fouillèrent leurs poches : il manquait un euro : « vous irez le chercher dans le tronc de l'église, non mais … » se révolta Sabine. Beatrix examinait son caillou : « très zoli » susurra-t-elle, ce qui lui valut un second caillou sous le regard furibond d'Alan : » un peu de glucose aide l'activité des neurones «, marmonna-t-il.

 Enfin dans leur chambre, il sauta sur le lit.

—Du calme, on entend tout ! grogna la voix de Christel.

—De l'autre côté de la cloison aussi, reprit en écho celle de sa sœur.

 C'était bien ce qu'il avait deviné : il s'approcha de Beatrix : « redis-le : très zoli et tu auras un cadeau… « elle fut prise de fou rire, pliée en deux ce qui amena : « Silence, bordel ! « de la part d'Alex.

 Ce dernier rêvait qu'il était entré dans les ordres : dans le scriptorium, il matait un film XXl, lorsqu'on gratta à la porte : « Alex, ouvre, c'est Sylvia, il y a des rats au plafond de ma chambre, s'il te plaît, ils forent un passage «. Drapé dans la couverture, il lui désigna sa chambre : deux minutes plus tard elle était fourrée dans son lit, lui indiquait le tapis éliminé et une couette dans le placard. Il se résigna : la sœur de Bryan avait des dessous arachnéens, rien à voir avec les bas de Josiane, mais elle s'était empaquetée comme une momie. Il faudrait bien qu'elle se lève le matin et là… il commençait à se rendormir :

—Reste tranquille, je n'arrive pas à dormir.

 Il se plaça sur le dos, mains et pieds joints dans la position des gisants de la basilique Saint Denis.

—Tu pourrais respirer moins fort ? c'est dingue.

 Jusqu'à cinq heures du matin, il inspira lentement, retint le souffle en comptant jusqu'à dix, expira avec un chuintement imperceptible. Il allait enfin plonger dans un cycle de sommeil déphasé quand elle le secoua, vêtue de pied en cap : « debout ! tout le monde a déjeuné et on t'attend pour la visite de l'abbaye «.

 En tête, il suivait l'itinéraire d'une carte médiévale, lorsqu'Alan lui cria : « t'es sûr qu'on est sur le bon chemin, ça fait trois fois qu'on passe devant le même sapin «. Beatrix lui tendit un caillou qu'il mit dans son sac à dos :

—Qu'est-ce qu'il a de particulier celui-là ? ça commence à peser.

 Elle sourit : « très zoli » et il se mordit les lèvres en pensant à leur nuit. Alex s'était arrêté : on y était : des murettes recouvertes de mousse délimitaient l'emplacement d'une abbaye célèbre, on pouvait même distinguer un fragment de colonne, là à gauche. Christel leur tendit quatre bouteilles : et s'ils allaient d'abord chercher de l'eau au torrent en bas ? le temps de faire une pause. L'eau était glacée, les ongles bleus, Alex râlait : » exploitation pure et simple, ta frangine me squatte mon pieu en plus ! «

 Alan leva la tête : « c'est son habitude, elle m'a fait le coup des années en colo mais s'il y a des rats, il faut vérifier «. Assises sur un soubassement que le médiéviste datait du XI° siècle, elles échangeaient des petits pains fourrés de confiture, du chocolat, et des sodas. On leur avait gardé une côtelette froide et une part de tarte. Beatrix avait adroitement négocié avec Anselme très tôt dans la matinée. Alan se renfrogna : levée avant lui ? « En échange de cailloux, lui expliqua-t-elle, dix pour un pain «.

—Alexis, nous sommes avides de vous entendre, s'écria Sabine après s'être soigneusement rincé les mains avec leur eau.

 Celui- ci ne céderait pas à l'intimidation et encore moins à son estomac affamé où un débris de côtelette nageait dans l'eau glacée du torrent : inspiré, les yeux au ciel, il commença : le lieu avait été le théâtre d'une hérésie dont on parlait encore dans les vallées.

—Tu pourrais employer des mots normaux, le coupa Sylvia, hérésie ? t'es comme mon frère, toi, tu lui causes d'un rhume, il te répond rhinopharyngite.

—Le langage est un des moyens de domination masculine, renchérit Christel.

—Continue, l'encouragea Alan : une hérésie, c'est quoi ?

—Vous allez comprendre, reprit ce dernier : vivait ici une communauté de religieuses vouée à la prière. Une nuit de pleine lune, un berger agita son grelot : il demandait refuge pour lui et son troupeau, des agneaux nouveaux nés.

—T'es sûr que c'est le grelot qu'il a agité ? l'interrompit encore Sylvia.

 Son frère lui fit un geste de menace, Alex, placide, poursuivit : plusieurs fois, elles refusèrent, l'évêque mis au courant les menaça de dissoudre leur communauté, pourquoi ? que symbolisait l'animal ?

—On dirait le Loup et l'Agneau, avança Christel.

—Oui, peut-être cette histoire est-elle venue aux oreilles du fabuliste, concéda Alex. Mais encore ?

—C'est de La Fontaine, rectifia Sylvia, pas de » Fabuliste ». J'écoutais moi en cours de français ; d'ailleurs le loup était dans son droit, l'eau lui appartenait.

—Discutable, nota Sabine, vous étiez dans le privé ?

Alan s'impatienta : alors cet agneau ?

—L'innocence, le Christ, l'agneau pascal sacrifié, lâcha Beatrix dont les yeux cernés réjouissaient Alan. Le soir, il lui mettrait un peu de pommade sur le bouton de fièvre.

—Excellent ! elles obéirent et avec la laine des moutons, se mirent à tricoter des chaussettes, pour les pauvres : elles devinrent les nonnes fileuses, vous êtes assises sur ce qui reste de leur réfectoire.

Alan reprit : « intéressant, ça vaut le déplacement, des questions ? Sylvia ? le musée de la chaussette ? hélas, non, elles ont été dévorées par les mites. Madame Sabine ? Nous avons plus d'accouchements les nuits de pleine lune, en effet, un sujet de thèse ? Christel ? tu y vois la violence des mâles contre la liberté des femmes, on peut l'interpréter ainsi. Beatrix ? tu souhaites entendre le grelot cette nuit ? On fera ce qu'on pourra. On y go.

Le retour fut stimulé par la perspective d'une station au bar : on commanderait des menthes à l'eau sans glaçons pendant que les hommes iraient au ravitaillement à la ferme. Ces derniers se consultèrent et deux minutes plus tard prenaient la voiture ce qui suscita une désapprobation unanime : pour quelques kilomètres de plus, ils auraient pu y aller à pied.

Devant un menu Mac truc avec un énorme coca, ils se sentirent revivre : Alex admirait le panorama, voitures rangées en bon ordre, caddies rouges et bleus protégés par un chapiteau plastifié, et surtout l'uniformité sécurisante de toutes les zones commerciales : on y trouve les mêmes produits, les mêmes uniformes de caissières, on n'est pas dépaysé. En trempant deux frites décongelées dans une sauce rouge, Alan remarqua qu'il voyait de plus en plus d'obèses chez les jeunes, mais c'était la faute aux jeux vidéo. Le programme était de profiter de la fin d'après-midi en toute quiétude : ils achèteraient donc d'abord les charcuteries et viandes locales, puis prendraient une glace dans la cafétaria, avant de s'attaquer aux légumes et fruits, les plus rabougris, piqués si possible pour faire authentique : éviter pamplemousse, avocat, fruits exotiques, oranges, citrons. Les produits laitiers et fromages feraient l'objet d'un troisième tour : ils termineraient par le pain et divers tels que produits d'hygiène : Alex était réticent : certes le demi rouleau déposé par Jeanine ne suffirait pas mais la supercherie ne serait-elle pas éventée ? Alan réfléchit : « tu as raison : nous allons nous procurer des journaux, ils feront double emploi. »

—On prendra la file réservée aux femmes enceintes et handicapés, suggéra Alex, tu le connais le logo ? on se fera virer, on nous expulsera vers la queue la plus longue, et on sera bien. Le tapis roulant me fascine, pas toi ?

—Pas vraiment, mais ils ont plus de scanners qu'à l'hôpital sans compter des portes automatiques. Petit je chipais des sucettes.

—La vache ! et tu ne t'es pas fait prendre ?

—Non, la caissière disait que j'étais mignon et que je serais un beau jeune homme, le vigile admirait la famille : « sept ! madame, quel bel exemple pour notre nation ! « . On y go ? je fais des détours.

 Après s'être fait virer par une femme enceinte à laquelle Alan prédit un accouchement dans les heures à venir, ils s'offrirent un second menu, légèrement différent avec vue directe sur la seconde porte.

—Tu as vu, la nana encloque, elle est tordue, remarqua Alex. Elle est en train d'accoucher ?

 Alan leva la tête de son paquet de frites : « probable, elle se débrouille, je l'ai prévenue, il y a pas marqué croix rouge, il y a une flaque ? «

—Non, c'est sec. Elle se tord quand même. T'as changé, avant tu te serais précipité.

—Si elle le pond sur le parking, elle aura des tas de cadeaux, lait maternisé, couches, vêtements, poussette, tu y as pensé à ça ? et la photo du morpion en pub avec des droits. Tu as vérifié le tiquet de caisse ? Montre. Je m'en doutais : on n'a pas la réduction de cinquante centimes sur le saucisson de pays : direct à la caisse : une qui va vérifier en patins à roulettes puis aux réclamations :

au moins une demi-heure gagnée. Tu n'as rien qui sonne ? Dommage. On devrait avoir des patins aux urgences et une formation pro mais manque de crédits, c'est franchement dégueu.

Après avoir dépouillé leurs achats de toute preuve suspecte, et empaqueté le tout dans le papier journal, ils stoppèrent devant la ferme de Mathurin : papier hygiénique made in China, kiwis, mangues et confiseries en échange de son silence. Sur le retour, ils se mirent à rire : « On est débiles, Alex, mais débiles ! elles me manquent «. « Moi aussi ... c'est si mignon. Tu as noté que l'hyper vend des cailloux, les mêmes que ceux d'Anselme ? tu rêves ? » Ce dernier songeait à un rayon de bricoles où s'étalaient des chats en bois identiques à celui de Beatrix. « Tu as déjà vu des chats sculptés, demanda-t-il à Alex, dans le rayon babioles ? » « Oui, il y en a dans tous les hypers de l'enseigne, ma mamie adorait, ça ne date pas d'aujourd'hui. Tu veux refaire un tour ? ». « Non, ça ira «.

On s'extasia, une cure de Jouvence ! Sabine s'était lancée dans une évocation nostalgique des carcasses pendues chez le boucher de son enfance, les mouches bourdonnaient, l'été, quel univers de vie et d'insouciance, » nous ne nous amusions avec rien, heureux et libres, cela semble loin, et je n'ai pas quarante ans «. « Tu ne les fais pas, la consola Sylvia, moi dans trois ans, trente ans : l'horreur ! et toi Beatrix ? « « Vingt -deux le mois prochain, je me sens plus vieille. «. « Nous ne sommes pas obligées de nous incliner devant le jeunisme, reprit Christel, les hommes vieillissent plus mal que nous : quel âge, tu as Alan ? « Ce dernier épluchait des oignons, et les larmes coulaient en abondance : « Trente, j'ai eu trente ans en octobre. » « Fais du sport, les mecs s'arrondissent vite du ventre, il te reste une dizaine d'années, peut-être quinze, profite, insista-t-elle, je vois les hommes de chez moi, ils ont beau faire des sports de combat, ça grossit du bide et ça se ratatine dans l'entre-jambes. Ne pleure pas, c'est les lois de la nature : si vous deviez accoucher, vous seriez moins autoritaires «.

 Alex intervint : elle exagérait, on faisait une péridurite maintenant.

—Péridurale, corrigea Alan, on a nos problèmes aussi : le service militaire par exemple, la mobilisation générale.

 Sylvia lui prit les oignons : « émincés, tu sais ce que ça signifie ? on dirait des cubes. Je ne te ferai pas confiance pour m'accoucher : tu serais fichu de lui arracher la tête. »

—Je ne suis pas gynéco et je n'accoucherai personne que je connais.

—Cela se défend, soupira Sabine, mais vous pouvez faire une entorse à votre serment, on a un poulet à occire, la tête en bas, on déplume, un coup sec et on fait saigner ; il faudrait le vider aussi. Cela ne devrait pas vous poser de problèmes techniques. Cadeau d'Anselme ...

Sabine rissolait les oignons, Alex tranchait des morceaux de lard, et se mit à gémir : une entaille sur l'index et personne ne s'alarmait ? Christel lui versa du vinaigre de cidre pour désinfecter, en le traitant de poule mouillée. Beatrix battait des œufs : « tu as de la poigne » nota Christel. Alan cherchait le sel, et lança qu'elle avait une énergie peu commune dans les mains, il s'en était rendu compte.

—Très galant, remarqua cette dernière, on n'ajoute pas de sel, n'est-ce pas Sabine ?

Il faisait un pansement à Alex avec un morceau de torchon, leva les yeux : il n'insinuait rien, elle avait de la force dans les mains, pas de quoi en faire un plat, Alex avait-il fait son rappel de vaccin contre le tétanos ? Non, attention alors : ce dernier pâlit, ça craignait ?

—Si tu l'écoutes, tu es piqué de partout, le réconforta Sylvia, il a des primes des labos.

—N'importe quoi ! des primes ? juste un carnet en plastique si je prescris un truc contre les allergies saisonnières. Cela n'a rien d'une prime. Ce qu'on peut entendre ! Il me reste dix boîtes à fourguer pour obtenir le stylo bille.

Christel, très remontée, s'insurgea : le patriarcat était responsable du matérialisme, son frère, le premier avait une rallonge de salaire à chaque contravention, quant au second, mieux ne valait pas en parler. Et le matérialisme déshumanisait, creusait l'individualisme : quand une fois elle était en panne sur l'autoroute, aucun conducteur ne se serait arrêté pour changer sa roue. Belle mentalité... elle avait dû appeler la gendarmerie.

—Et alors ? demanda Sylvia.

Elle s'était pris une contravention pour arrêt sur la bande d'arrêt d'urgence, une autre pour les pneus lisses, et vu qu'elle contestait, une troisième pour outrage à un fonctionnaire en exercice, juste pour l'avoir traité de macho arrogant : il n'y avait que la vérité qui blessait. Et ils l'avaient tractée jusqu'à une station-service : incapables de dévisser les boulons, à ses frais la tractation.

—On dit traction, nuança Alex.

—Tu ferais bien d'en faire des tractions, répliqua-t-elle, l'obésité est un facteur de comorbidité et tu as grossi depuis l'été dernier.

Très vexé, il précisa qu'il ne s'agissait que de muscles, pas de masse graisseuse. Sylvia confirma avec un bémol : elle avait bien remarqué des abdos mais la métamorphose en cellules adipeuses ne prévenait pas ; un matin, on se réveillait bouffi de bourrelets.

—Pas en une nuit, objecta Alan, il faut vraiment un processus. Où vas-tu ? Alex ? tu n'as pas faim ? Moi j'aime bien les petits bourrelets aux hanches, les poignées d'amour comme on dit : c'est agréable, la taille fine, et les hanches rondes, j'aime bien. C'est pratique aussi.

Beatrix se mit à rire : il ferait mieux de laver la salade, et à l'eau froide, pas chaude. Sabine s'en mêla : « vous avez de la chance, un discours aussi orienté, moi vous auriez eu une baffe. « Il lui jeta un regard sombre : qu'elle ne passe pas les limites ou gare au retour. Il allait s'occuper de ce volatile et une heure plus tard revint livide : « il n'a pas souffert, annonça-t-il d'un ton lugubre, ça court vite, et ces plumes rousses, mimi comme tout, il avait de grands yeux effrayés : je lui ai dit que tout le monde y passait, mais ce serait rapide : il a ouvert le bec, l'a refermé, il avait compris ; je n'ai plus faim ».

Le soir serait dédié à la lecture d'une poésie sous la houlette d'Alex : il avait opté pour un texte en vers réguliers, anonyme, approprié au lieu : « les cimes

enneigées » et afin que chacun s'approprie le poème
suggérait que l'un après l'autre lise le titre. Après un
moment de silence, Alan se lança. Sabine, pincée, lui
fit remarquer qu'il avait omis la liaison « cimes
Zenneigées «. Mortifié, il reprit : « les cimes
zenneigées «, c'est bon ?

—Pfft ! tu nous balances une ordonnance : un cachet
matin midi et soir : aucun sentiment, jugea Sylvia,
Christel, à ton tour.

 Celle-ci ronchonna qu'on n'était plus à l'école
primaire puis martela « Cimes zenneigéEs « en
lecture inclusive du féminin. Alex admit qu'en effet
l'inclusion était un progrès notable après avoir jeté
un regard émoustillé à la sœur d'Alan, puis leva la
séance : le lendemain, ils grimperaient à la croix du
diable.

—Désolée, mais nous avons une journée cocooning,
rectifia Sabine, ce sera pour une autre fois à moins
que l'une d'entre vous y trouve à redire ? personne ?
très bien. Bonne nuit.

 Après une seconde nuit par terre, Alex se confia à
Alan : « je n'en peux plus, je vais craquer. Si au moins
j'avais le droit de respirer normalement «.

—Tu l'intimides : c'est une tendre, ne te fie pas aux apparences. Prends intérêt à ses croquis, elle va se décoincer ; on va à la chasse aux rats et après babyfoot. Où est Beatrix ?

—Avec Anselme, partie vers la grotte aux mille feux.

 Atroce ! après tant d'efforts, il la retrouverait dans un précipice en miettes ou pire, les jambes écartelées, après les assauts de ce butor. Il fallait la retrouver : Jeanine ignorait où se situait cette grotte, mais sa sœur Julienne, celle qui tenait l'épicerie où ils n'avaient pas encore acheté de cartes postales, les renseignerait. Julienne ? ce n'était pas Josiane ? « Josiane : le bar, Julienne l'épicerie, Mathurin leur oncle, la ferme, c'est pas difficile à comprendre même pour des gens de la ville « grogna leur hôtesse. Julienne décrivit le parcours : premier sentier à gauche en sortant de la rue principale , à un kilomètre, on trouvait un sapin, petit, prendre à gauche , deux kilomètres : un roc en forme de tête de chien , à gauche jusqu'au sapin moyen , là on prenait à droite , on grimpait et un rocher en forme de … ? vu qu'elle y était allée voilà quarante ans ,elle n'était plus sûre , s'ils voulaient des cartes postales ? le village au début du siècle, en noir et blanc ? ils en achetèrent une dizaine au hasard , trois euros chacune « vu que c'est une promotion . Vous ne prenez pas celle-là ? Le vieux à gauche, c'est Aristide, notre arrière-grand père et sa femme Josépha. Mon jumeau Maurice va vous amener, il scie du bois devant la bergerie ».

 Si Julienne avoisinait le mètre quatre-vingt-quinze, son jumeau avait oublié de grandir. Un gnome fendait des bûches avec une hache sur un billot devant deux moutons apeurés. Il leur fit répéter « la grotte aux mille feux ? ben, ça dépend , deux cents chacun « .

—Cent cinquante , avança Alex .

—Cent quatre -vingt dix.

 Alan, énervé, trancha : « deux cent dix les deux, tope là «. Maurice marchait en crabe, de façon efficace sur une pente qu'Alex évalua à vingt pour cent. « Elle n'a pas pu grimper, répétait Alan, impossible, je passe mon temps à lui courir après «. Maurice expliquait qu'il avait pris au plus court vu que les urbains étaient toujours pressés.

—On a eu un crime là-haut, reprit-il, pendant qu'ils soufflaient, une femme jeune, on l'a trouvée au printemps, congelée : une étrangère : la police est venue : ils l'ont fait fondre et elle avait une grosse entaille au cou. On n'a jamais su qui c'était : nue qu'elle était, pas de papiers, mais gelée, ça oui. C'est Anselme qui l'a trouvée, c'est son coin de maraude à lui, la grotte aux mille feux ; ce n'est pas pour dire mais vu que vous ne marchez pas bien vite, faudrait accélérer, vu qu'on va avoir un orage, je prendrais bien une cigarette si vous avez.

—C'est agaçant ce « vu » qu'ils emploient sans cesse, nota Alex, ça ne t'agace pas, toi ? T'es tout blanc.

La grotte était une fente nichée sous un rocher : Maurice appela : « Anselme, t'es là ? » la voix se perdit dans les entrailles souterraines.

—Je m'en doutais, il a pris un chemin plus facile et plus long, vu que par la fente on ne peut pas accéder. L'entrée est de l'autre côté mais faudrait contourner et ça fait bien quinze bornes, et vu que la pluie va tomber et que je n'ai pas remisé mon bois, faut qu'on descende. Si vous avez une autre cigarette, c'est pas de refus.

Dans la cuisine, elles étaient en train de bidouiller des mixtures :

—Ne la jouez pas au repos du guerrier, balança Christel, et ôtez vos chaussures. Sylvia, je mets du yaourt dans le masque anti acné, tu es sûre ?

—Un peu de jus de citron aussi. Acide citrique. Mélange bien, une demi-heure de pose. Sabine, du miel pour la fraîcheur du teint ? Beatrix a ramené deux pierres : elles brillent quand elles sont humides.

Elle est au grenier avec Anselme. Zut ! plus de courant : où sont les bougies ? Alex, tu ne veux pas nous secourir, tu as une lampe sous ton oreiller : s'il te plaît …

Beatrix n'était pas au grenier mais dans leur chambre, fenêtre ouverte malgré l'orage.

—Qu'est-ce que tu as fabriqué avec cet Anselme ? on t'a cherchée toute la journée. Et je te signale que la foudre peut entrer dans les maisons.

—Ne sois pas aussi tendu, murmura-t-elle. Je suis juste gentille avec lui, il est très complexé, ce n'est pas facile de s'affirmer lorsqu'on vient de son milieu. Il aimerait tant vous faire découvrir des coins particuliers mais dès le début vous l'avez pris de haut. Il a enlevé les loirs du grenier, ta sœur laissera Alex tranquille et j'aime l'orage. Ne gâche pas la nuit.

—Tu le manipules ?

Elle soupira : « Si on veut, mais chacun y trouve son compte « Il n'avait pas prolongé la discussion, le fait est qu'ils s'étaient tous vite braqués contre ces gens qui luttaient pour que leur village ait encore un semblant de vie. De visites d'ermitages en randonnées dans les sentiers hors circuit, de soirées littéraires en cours de géologie, la suite du séjour fila. Ils promirent de revenir dans quelque temps. Alex cogitait cependant : « SI Julienne, Josiane, Jeanine,

Mathurin et Maurice sont des tantes et des oncles, qui sont les parents d'Anselme et de Josiane qui ne sont pas frères et sœurs ? Alan s'interrogeait sur un chat en bois.

Chapitre sept

 Il songeait sérieusement à louer un studio pour s'installer dans la durée. Elle lui avait demandé l'autorisation de se servir de son ordinateur personnel, et elle révisait des notions de droit international : fiches de synthèse, et cas d'école, elle travaillait vite : elle parlait très bien l'anglais, l'espagnol, et l'italien.

—Ma mère était d'origine italienne, avait-elle justifié, de Vénétie, ils zézaient un peu …

—Donc « très zoli » avait-il plaisanté.

—Z'est ça, c'est mignon, non ?

Il avait donc abordé le sujet d'un appartement commun, il gagnait assez surtout avec les nuits de garde, cela serait mieux que de vivre dans quinze mètres carrés. Elle avait le dos tourné et il crut rêver quand elle répondit : « ensemble ? mais je ne t'aime pas assez pour ça «. Un coup de poing en pleine poitrine ... il la prit brusquement par le bras :

—Répète, je ne suis pas vaniteux au point de m'imaginer tomber toutes les filles, mais répète en me regardant dans les yeux.

Elle avait croisé son regard et articulé : « Ce n'est pas possible «.

—Non, les mêmes paroles, exactement. Après ça, ce sera fini, tu n'entendras plus jamais parler de moi.

Les yeux baissés, elle avait murmuré qu'elle partait dans un pays lointain pour une mission. La colère l'avait emporté : elle lui en parlait maintenant ? mais elle était une sacrée salope ! et il avait ajouté :

—Avec toi, le seul moyen de te connaître, c'est de te baiser profond.

Paroles qu'il regrettait à peine prononcées puisque sans se départir de son sang-froid, elle avait répliqué :

—Peut-être ... tu as sans doute raison. Et comme tu es particulièrement doué pour ça, tu devrais en tirer des conclusions.

Il avait claqué la porte et s'était retrouvé dans un café de l'autre côté de la rue : qu'est-ce qui la poussait à partir aussi loin ? elle avait failli y laisser sa peau. Lui aussi entre parenthèses. Il avait vécu intensément mais recommencer ? si elle avait besoin de se dévouer, cela ne manquait pas en France. En tout cas, elle ne tenait pas assez à lui pour abandonner son projet. La faire changer d'avis ? il était sept heures du matin et son portable sonna : une urgence à l'hôpital, il ne manquait plus que ça. En chemin, il se résolut à appeler Fischer dès qu'il pourrait, puis renonça : celui-ci lui donnerait la même réponse : » qu'elle soit heureuse est ce qui compte «. Heureuse sans lui ? il fallait se rendre à l'évidence. Un gamin avait été percuté par un automobiliste, il se rendait au collège. En bloc opératoire : deux heures : douze ans. Terminé. Tous étaient silencieux : le môme avait dévié à cause d'une rafale de vent, le chauffeur pleurait, il n'était pas en cause. Annoncer aux parents : le père répétait qu'il n'aurait jamais dû acheter le vélo. Il répondait machinalement « Le vent, vous comprenez ? une rafale de vent. Nous sommes tellement désolés ... vraiment. »

—On peut le voir ? interrogeait la mère, qui avait les mains sur le ventre comme si elle accouchait une seconde fois.

Surtout pas, pas maintenant, tout abimé.

—Dans une heure ou deux, je vous assure, c'est mieux que vous gardiez une autre image de lui. On va vous installer dans une pièce tranquille, vous donner quelque chose pour aider. On doit prévenir des membres de votre famille ? vous avez d'autres enfants ? Un psychologue va venir.

Le père avait pris sa femme par les épaules. Putain de journée : ce matin, tout riait au soleil d'avril et trois heures plus tard, ça se cassait la gueule. Malgré lui, il avait besoin d'elle, même après ce qu'ils s'étaient dit : il écrivit un message, puis l'effaça. Le soir, il appréhendait de trouver la chambre vide : elle était là devant le sable au fond du verre.

—Alan ? je suis désolée, vraiment.

Il n'avait pas envie de répondre.

—Mauvaise journée ?

—Mais non, excellente : tu me plaques encore une fois, et un gamin nous file entre les doigts. On bâtit sur du sable : pour ça que tu en as mis dans le verre ? un avertissement ?

Elle prit une pincée, la fit couler, « Oui et non. Alan, crois-moi, ça vaut mieux, on n'aurait jamais dû commencer «.

—Possible. Tu sais le père répétait tout le temps que c'était de sa faute parce qu'il avait acheté un vélo, mais il y avait du vent, encore le vent. Parfois, je me dis que je ne veux plus vivre ça. Mais je recommence et je ne sais pas pourquoi. Tu pars quand ?

—Pas avant trois mois.

—C'est bien alors. Si c'est ce que tu veux.

Trois mois : ne pas penser, faire comme si … Avril était imprévisible, comme elle. Soleil, pluie, soleil.

Florian Fischer relisait le message reçu la veille : le président des associations juridiques, un ancien camarade de promotion, l'informait que Beatrix partirait en mission dans un pays où les problèmes ne manquaient pas. Il avait espéré la ramener à lui par l'intermédiaire de ce médecin Alan Bryan qui vivait avec elle depuis sa sortie de la maison de repos. La mission était risquée surtout pour une femme célibataire et jeune. Elle ne l'écouterait pas. Lui, peut-être ? elle avait accepté une vie commune provisoire. Il rappela son copain de jadis.

Beatrix se montrait tendre depuis l'annonce de son départ, Alan la contemplait à son insu : il se voulait distant : il n'abordait plus le sujet, rentrait tard, allait chaque matin courir, et multipliait les gardes. A la limite, il lui aurait demandé de déguerpir le plus vite possible pour s'épargner le supplice de l'attente.

—Tu es fâché ?

Il leva la tête d'une revue : pas du tout, elle avait choisi, sans tenir compte de son avis, c'était clair.

—Bon, si tu le prends bien, ça vaut mieux

—Je ne le prends pas bien, d'accord ? mais comme tu t'obstines, je garde mes états d'âme pour moi J'ai eu une journée merdique de plus, n'en rajoute pas. Qu'est-ce qu'il y a entre nous ?

—Je ne sais pas, Alan, mais je suis navrée : ne me fais pas répéter.

Il avait enfilé une veste et était parti faire un tour : les rues se vidaient, il longea les quais, contempla l'eau noire du fleuve que rayait le trajet souterrain de bêtes nocturnes, elle ne savait pas ... à son retour, elle dormait. Il passa le reste de la nuit à la regarder ; il était malheureux. Le matin, il partit avant son réveil.

Lorsqu'il revint le lendemain soir, elle était prostrée sur le lit, genoux contre la poitrine.

—Tu es souffrante ?

Elle lui désigna une lettre sur le bureau : l'association annulait sa mission : les risques encourus par une jeune femme célibataire étaient trop importants. S'ils avaient besoin d'elle, ils la contacteraient ; il s'assit, masquant sa satisfaction : pourquoi ne pas repartir à M ? lui suggéra-t-il, très hypocrite.

— Le règlement a changé. Pas de femmes seules : je suis inutile.

Ce besoin irrépressible de partir ressemblait à une fuite, mais être utile, il comprenait. Et si elle donnait des cours à l'hôpital, en attendant que la situation s'éclaircisse ? On cherchait un prof d'anglais espagnol pour cinq ados : il était essentiel qu'ils ne décrochent pas du système scolaire et qui sait ? se disait-il, elle y prendrait peut-être de l'intérêt, oublierait cette idée fixe de passer les océans. Il ne lui cacha pas que ce serait une épreuve, ils n'étaient pas en grande forme et à cet âge, ils se révoltaient contre tout.

— Marc a proposé un mariage, ça réglerait le problème.

Une douche glacée encore : le type à chemise palmiers ? Elle l'aimait ?

—Mais non, s'énerva-t-elle, tu ne piges pas : mariée avec quelqu'un qui est dans la même mission. Un faux mariage, voilà, mais pas avant l'été. Ils ont quel niveau ?

—Seconde et première, balbutia-t-il sidéré par son indifférence. Tu veux connaître leurs pathologies ?

—Pas la peine : cela m'évitera de leur coller une étiquette. J'ai donné des cours quand j'étais en terminale. Combien d'heures ? Ils ont des manuels ? une salle à part ? ils sont d'accord ?

Le déluge de questions le rassura : elle le prenait donc au sérieux : ils disposeraient d'une salle à l'écart, d'un ordi, de livres : quant à leur accord, ce serait à négocier. Deux heures l'après-midi, de quatorze à seize avec une pause à quinze heures.

—Très bien : on négociera. Demain, c'est bon.

Il l'avait présentée à l'équipe après accord du chef avec lequel elle s'était entretenue une demi-heure : ce dernier avait accédé à toutes ses demandes : un ordinateur pour chacun, et des reproductions qu'elle lui avait désignées pour égayer la salle, côté salaire, ce serait vingt euros de l'heure. Elle lui avait tendu la main : « enchantée de vous avoir rencontré, un plaisir de converser avec vous «. Sabine l'avait embrassée : » Beatrix ! seigneur ! quelle bénédiction de t'avoir parmi nous … que de souvenirs ! tu as des nouvelles d'Anselme ? «

—Il est en train de préparer une thèse, sur la grotte aux mille feux, pouffa-t-elle, en observant les collègues d'Alan, il m'envoie des cailloux, ils sont zolis, n'est-ce pas docteur Bryan ?

 Il n'avait pu s'empêcher de sourire mi-figue, mi-raisin : elle entretenait des relations avec ce Marc et Anselme en plus. Un de ses collègues, Christophe, l'interrogea : elle était au courant que ses élèves n'étaient pas au top ? Et avec son sourire enfantin, elle répliqua avec une légère ironie « Pas au top ? bizarre, j'avais cru qu'ils étaient ici pour mauvaise conduite. Remarquez, Christophe, que cela tombe bien, figurez-vous que moi non plus, toute proportion gardée. « Cécile avait fait une apparition, revêche : « dans deux jours, elle déclare forfait « avait-elle chuchoté à une interne en fin de parcours, Jacqueline, qu'elle trimballait comme un faire-valoir. Avait-elle entendu ? elle clôtura la présentation par un défi : si elle restait une semaine, on lui payait une menthe à l'eau sans glaçons, deux, une citronnade.

—Et l'inverse ? provoqua ce Christophe qui s'émoustillait

Elle s'en était tirée par une pirouette : « ce que vous voudrez, tout ce que vous voudrez «

—Vraiment ?

Très sérieusement, elle avait répliqué : » un cours sur la délicate question du consentement ? «, il avait respiré à fond avant de répliquer « toucher, coulé ? »

—Coulé, déjà ? Alan Bryan, il est l'heure de m'amener devant les redoutables ados blessés par la vie.

La salle était vide : elle observait le bâtiment identique par la fenêtre :

—Tu as un bouton rouge, sous la table, en cas d'urgence, tu n'hésites pas. Je te laisse, bon courage.

Christophe, à son retour, avait remarqué qu'elle n'était pas facile à démonter celle-là. On verrait le lendemain, c'était sa petite amie ?

—Celle qui était en mission humanitaire, répliqua-t-il, tu te rappelles ? l'ouragan, le choléra : elle est juriste de formation. On s'est retrouvés là-bas.

—En train de pleurer sur une jupe déchirée ?

—Pas précisément.

—Chasse gardée ?

Sabine était intervenue : on ne se chipotait pas comme des coqs, on avait du travail.

 Il était venu la chercher à seize heures : les cinq ados écrivaient, elle aussi : on aurait entendu une mouche voler. Comment s'était-elle débrouillée pour obtenir leur adhésion ? Il ne le sut jamais, toujours est-il qu'à son entrée, ils s'exclamèrent : « déjà ? pas cool «.
Elle avait levé la tête :

—Quinze minutes ? on n'a pas terminé.

Il avait hésité : les mômes étaient détendus et concentrés.

—Pas plus .

—Merci, Alan. Tu refermes la porte ?

 Un hurlement de «il te kiffe ! « avait retenti. Pour la kiffer, c'était sûr, mais l'inverse ? Le mariage avec Marc l'obsédait. Une semaine plus tard, elle réclamait une menthe à l'eau sans glaçons, et la salle était décorée de posters de toutes sortes, paysages, surfeurs, chanteurs et de leurs portraits. Il n'avait pas douté de sa faculté d'adaptation mais elle l'étonnait malgré tout : affronter la maladie des plus jeunes n'était pas donné à tous.

—Je n'affronte rien, lui confia-t-elle, leur maladie n'est pas en jeu, et c'est mieux ainsi. Ils sont pour moi des élèves, rien de plus. Demain, je rencontre les parents pour faire le point sur leur niveau et leurs projets.

 Il avait tilté : des projets, mais pour certains, c'était limité. Elle avait eu un geste inabouti : « on est tous limités, non ? ils sont très mûrs pour leur âge : n'aie crainte : je n'encourage pas les illusions, je ne bloque pas non plus des aspirations raisonnables. Ensuite, c'est ton métier, pas le mien «.

 Pouvait-elle ne rien ressentir ? n'importe qui aurait posé des questions, se serait attendri : elle : rien. Evidemment, elle avait vu le pire à M. mais malgré tout quelque chose en elle s'était durcie, à moins qu'elle n'ait vécu d'autres tragédies dans son passé, et le spectre de Fischer lui apparut.

Chapitre huit

   A son entrée, elle éteignit l'ordinateur, elle mettait au point la réunion avec les parents d'élèves. Il jouait machinalement avec ce chat en bois dont elle ne se séparait pas.

—Mon père l'a fait pour mon anniversaire, il était très doué. Je te l'ai dit ?

 Merci de me tendre la perche, se dit-il, voyons si ce minou va lui tirer enfin quelque chose :

—Très chouette, il te gâtait beaucoup, le lapin aussi ?

 Elle lui reprit l'objet. Il poursuivit en mettant sur la plaque chauffante une casserole d'eau : il devait être très content qu'elle soit une bonne élève, qu'elle puisse faire des études. Elle le rejoignit et plaça un couvercle : « Il me trouvait stupide, et était persuadé que je n'y arriverais pas, mais c'était pour m'inciter à travailler. J'étais vexée quand il me présentait comme une idiote, du coup je voulais lui prouver qu'il se trompait. Enfin j'ai été admise dans un bon établissement, avant je ne fichais rien «.

—Et ta mère ?

—Ma mère ? J'ai de bons souvenirs avec elle sur la plage, elle payait des glaces en secret. Elle n'était pas coquette mais très belle, on n'aurait pas dit, toujours mal fringuée, elle n'allait jamais chez le coiffeur. Des fois, quand … pourquoi tu poses ces questions ?

Il fallait crever l'abcès :

—¨Parce que j'aimerais te comprendre : tu fuis tout le temps : jusqu'où vas-tu aller ? Et cet avocat, Fischer ? c'est lui que tu fuis ?

 Elle plongea la moitié d'un paquet de pâtes dans l'eau bouillante puis froidement déclara qu'elle ne le fuyait pas : Fischer était son père biologique et il avait ruiné David Fontane. Elle l'avait compris en étudiant un cas similaire d'entrepreneur en faillite sans garantie puis avait trouvé le test de paternité caché par sa mère.

Abasourdi, il reprit : son vrai père ? cet avocat ?

Elle mit deux assiettes sur la table pendant qu'il ouvrait une boîte de sauce tomate puis s'assit, toute pâle : il touchait un point très sensible. « Donc tu es partie pour être libérée de cette histoire ? «

—Pas seulement : je me venge à ma façon, Alan.

Peut-être tenait-il un lien pour l'empêcher de partir : « Et si tu lui disais en face ce que tu as sur le cœur ? cela ne lui ferait pas plus de mal ? A moins que tu n'aies peur de l'affronter ? ». Fischer avait lâché « orgueilleuse » autant toucher ce point.

—Peur ? sûrement pas. Mais lui faire plus de mal que je lui ai fait, je ne crois pas.

—Discutable. Tu lui donnes une chance en t'enfuyant.

Elle enroula nerveusement une mèche de cheveux sur son index, signe chez elle qu'elle pesait le pour et le contre, puis très lentement se leva et prit son portable. Le reste ne dépendait plus de lui.

—J'irai à Versailles demain matin, à onze heures, lui annonça-t-elle, sans émotion.

Pendant trois ans, il avait retardé le moment de révéler la vérité à Beatrix, redoutant de la perdre : elle avait le sourire pur de Celia, cette intonation si particulière de la voix, le même regard absent que celui de sa propre mère, frappée de cette maladie dont Alan Bryan lui avait parlé. Aux questions sur les antécédents génétiques, il avait répondu « pas à ma connaissance » ; le chef de service d'ophtalmologie avait eu un vague sourire avant de déclarer : « Bien entendu le secret médical vaut pour mes collègues. ». Inutile tromperie : Beatrix avait découvert la vérité bien avant, sans qu'il sache par quels moyens.

Au premier regard, il avait compris qu'elle venait en ennemie, moment redouté pendant des années : elle s'était assise, muette, tendue, les mains jointes, le dos droit, les cheveux noués en une tresse sur le côté. Il avait offert un verre d'eau avec la même précaution qu'on met à apprivoiser un animal blessé. Sans l'interrompre, elle avait écouté, impassible jusqu'à la fin avant de l'interroger :

—Pourquoi ? Pourquoi avoir attendu toutes ces années ?

Elle avait saisi le verre d'eau, l'avait examiné quelques minutes avec cette concentration qu'elle mettait en tout.

Il se revoyait dans cette salle de commissariat. La vue de l'adolescente perdue dans le poste de police lui avait donné le courage de faire front. Elle avait levé ses yeux d'un bleu si doux : « j'ai eu mention très bien « avait-elle murmuré d'une voix éteinte. Il l'avait serrée contre lui : « tes parents sont très fiers de toi «.

—Mon père aussi ?

—Ton père est tellement fier de toi, avait-il balbutié, les larmes aux yeux.

 Elle attendait une réponse : « par lâcheté, Beatrix, par pure lâcheté « prononça-t-il lentement.

 Son regard pâle se perdait, elle répondit, et sa voix avait les intonations familières d'une autre qui s'était tue : « Alors, tu vas devoir être courageux. Vous l'avez tuée tous les deux.

 Après son départ : il revit la matinée de Juillet où David Fontane était entré dans son existence : maigre, les cheveux gras, flottant dans un jeans douteux, perdu dans la résidence d'été. On l'avait prévenu : né de père inconnu, il avait été élevé par sa mère ouvrière à la conserverie de poissons puis cette dernière avait eu des crises, pas bien méchantes mais signe que quelque chose se délabrait : de plus en plus, prise d'une étrange boulimie, elle avalait des noyaux, des mégots : la semaine précédente, des débris de verre avait provoqué une hémorragie : son fils avait couru chez la voisine : il ne l'avait plus revue.

La famille Fischer était catholique pratiquante : aider les plus démunis lui paraissait un juste retour des dons dont le Seigneur l'avait gratifiée et le dimanche après-midi, le père bâtissait des abris de jardin, réparait un toit pendant que son épouse arpentait le quartier du port avec des sacs de vêtements, des provisions. David Fontane recueilli par des voisins l'avait émue aux larmes : « Pauvre enfant, il pense que sa maman a la tuberculose parce qu'elle crache du sang : il était positif au test avant le BCG. «

Le frère imposé avait un an de moins que lui et il l'avait toléré : très vite, celui-ci s'était révélé exemplaire : décrassé, il changeait de sous-vêtements chaque jour, se brossait les dents et apprenait par cœur chaque cours. A table, il se tenait raide, les coudes collés au corps, ne parlait pas la bouche pleine et avait même été baptisé : en échange, il avait reçu un vélo et une montre. Les résultats scolaires n'étaient pas au rendez-vous mais il se passionnait pour le travail du bois : l'orientation dans une école d'ébénisterie l'avait enchanté. Peu à peu, il s'était distingué par son habileté et son goût du style Empire : restaurer de vieux meubles, en créer des copies serait une profession honorable et avec un coup de pouce financier des Fischer il pourrait être son patron.

 Les Fischer étaient magistrats de père en fils : la carrière du fils unique était donc tracée et il profitait de sa jeunesse insouciante en attendant des études à Paris.

Un matin, alors que ses parents étaient en voyage, Celia Contini était apparue : seize ans, des cheveux d'un blond lumineux, un visage de vierge à la Botticelli sur un corps voluptueux ; son père, émigré italien, l'avait placée comme femme de ménage à l'essai. Florian l'avait contemplée du haut de l'escalier alors qu'elle cirait le plancher dans un mouvement de va et vient très suggestif. David lui avait soufflé : « Tu prends ? »

 Il avait aimé Célia, sa candeur dans les jeux de l'amour, son avidité à s'instruire, les courbes de son corps, la douceur de son regard. Fin août, elle sanglotait, enceinte de plus d'un mois : son père allait la mettre dehors : que deviendrait-elle ? David, mis dans la confidence, avait suggéré l'avortement : elle avait fait le signe de croix. Tout avait été trop vite : affolé à l'idée d'avouer à ses parents la grossesse, il avait accepté les arguments de David

Fontane : ce dernier prenait la faute sur lui, on n'y verrait qu'une erreur due à ses origines, et l'honneur des Fischer ne serait pas compromis. Fin septembre, Celia Contini dans une robe de dentelles blanches, les yeux pleins de larmes, devenait madame Fontane : David avait bénéficié d'un prêt conséquent pour monter son entreprise ; l'enfant, une fille, était née. Les parents Contini étaient repartis en Italie après avoir obtenu en réparation de l'éducation bâclée d'un vaurien un bon pactole.

 Sa paternité secrète l'avait troublé mais David avait promis d'assurer. Etudiant à Paris, il avait croisé Celia pendant les vacances de l'été suivant : fanée, plus mince, le regard apeuré, elle portait une robe de coton chiffonnée et des espadrilles usées. « Tu t'entends bien avec David ? avait-il questionné, dis-moi : tu sembles fatiguée «. Elle avait répondu que la grossesse l'avait épuisée mais les affaires marchaient bien, puis s'était sauvée. Les parents Fischer avait confirmé que l'entreprise Fontane gagnait en réputation : du même coup, rassuré sur le sort de son amante et de son enfant, il s'était empressé d'oublier l'air exténué de la jeune femme et ses habits défraîchis ; les jolies Parisiennes élégantes, leur esprit espiègle reléguaient la fille du port dans un passé juvénile. Noël lui fit souvenir qu'il avait un enfant dont il n'avait jamais vu le portrait. Par curiosité, il se rendit, la veille dans le nouvel appartement où David s'était installé. Seule avec leur enfant devant un minuscule sapin en plastique au pied duquel elle avait déposé deux petits cadeaux, elle parut étonnée de sa visite. David avait un travail urgent à terminer, justifia-t-elle, il ne rentrerait pas de la nuit et les fêtes de Noël l'ennuyaient : « Petit papa Noël «, tu comprends, ce n'est pas son truc «. Et elle avait fondu en larmes : David ne l'avait jamais touchée, méprisant les restes de Fischer et puis « une lapine comme elle, merci bien : tout son argent passait dans les vêtements de l'enfant, il avait fait une très mauvaise affaire avec une femme incapable de tenir la comptabilité ou même d'être présentée à ses amis du port «. La petite fille avait de grands yeux bleu pâle, une délicatesse de traits qui venait de sa mère : sans se sentir père, cet être innocent qui portait une partie de lui-même l'avait ému : les confidences entrecoupées de sanglots de Célia lui firent réaliser son erreur. David Fontane avait exploité sa panique, pire, il avait joué le jeu du garçon exemplaire pour profiter de la générosité de sa famille. Il l'avait consolée, avait déposé plusieurs cadeaux dont elle n'avait gardé qu'un lapin en peluche : « je lui dirai que mes parents l'ont offert. ». Chaque mois il lui enverrait de l'argent pour elle en poste restante et quand il aurait fini ses études, elle divorcerait et pourrait mener une autre vie. « Une autre vie «, avait-elle répété, oui une autre existence ».

 Il avait tenu parole : elle lui envoyait des photographies de la petite, une adorable poupée. L'épouser après un divorce ? il n'y songeait pas : elle n'avait été qu'une merveilleuse aventure de jeunesse ; d'ailleurs il ne pensait pas au mariage en dépit des insinuations de ses parents qui souhaitaient avoir des petits-enfants. Les années avaient passé sans qu'il ait véritablement envie de revoir la mère et sa fille, incarnations vivantes de sa lâcheté et de son égoïsme.

 Au cours des obsèques de son père qui avait suivi son épouse un an après, David s'était avancé avec sa fille : l'ironie de la situation ne lui échappait pas : ses parents morts qui voulaient tant faire la connaissance de ses enfants à lui ...

—Tu vas réciter ce que je t'ai appris, avait martelé David et ensuite tu pourras jouer à ce jeu idiot.

 L'enfant avait levé un regard d'adoration vers son père adoptif puis avait débité : « Je suis très triste, Monsieur, pour votre papa : on n'a qu'un papa, mais il est avec le bon Jésus « et d'exécuter une révérence grotesque avant de jeter un coup d'œil à David.

—Elle n'est pas très intelligente, avait commenté ce dernier, ça ne s'achète pas, remarque sa mère non plus. Je ne suis pas fier d'elle.

 Avait-elle perçu le mépris ? Son regard s'était perdu dans un ailleurs dont le monde semblait exclu. Il lui tendit la main, elle esquissa un sourire très pur avant de la retirer, confuse. Il avait pris sur lui pour demander si les affaires marchaient bien et David avait adopté un air mélancolique : « La crise, Florian, les commandes se font rares, dans quatre ans, elle aura l'âge de rembourser son éducation. Célia cherche à être engagée à l'usine : un coup de fil de ta part au directeur ? «

Ce dernier coup le tira de l'anéantissement où l'avait plongé la scène :

—Bien sûr, je n'y manquerai pas ; tu peux y compter.

Le lendemain, il s'informait de la situation de l'entreprise : la crise n'était pas seule en cause : Fontane avait commencé par truander sur les matériaux, pris du retard dans les commandes, négligé de rembourser plusieurs échéances du prêt de cinq cent mille euros cautionnés par ses parents, et à l'appartement avait succédé un logis dans le quartier du port. Dans l'après-midi, il guetta la sortie de ce faux frère, et pénétra dans le deux pièces éclairé par une seule fenêtre donnant sur un mur de béton. Célia débarrassait les restes du repas et lui fit signe de s'assoir. Les années de privation lui conféraient un visage de vierge douloureuse. Sans un mot, elle lui offrit un verre d'eau.

—Qu'est-ce que je dois faire ? lui demanda-t-il, combler les trous dans les finances ?

Elle nattait une mèche de ses cheveux, pensive comme elle l'était quand ils avaient fait l'amour.

—J'ai mis de côté l'argent que tu m'as envoyé ; elle est inscrite au collège du port, mais tu sais ce qui l'attend : elle n'est pas sotte, sa maitresse pense que si elle ne passait pas autant de temps à jouer, elle pourrait être bonne élève mais il la gâte : des films stupides, des jeux vidéo. Pour ça, il a des sous ; le pire est qu'elle l'admire, si tu savais … il lui a donné un chat en bois coloré, lui a fait croire qu'il l'avait sculpté pour elle : elle ne le quitte plus.

 David détruisait la mère et sa fille avec le plaisir âcre du ressentiment, d'une haine qui probablement avait débuté les premiers jours de son arrivée. Il avait très vite calculé le prix de la charité des Fischer. Que son enfant soit la victime de ce chantage, il ne le supporterait pas.

—Très bien : je vais la soustraire à son influence : le directeur de l'établissement de N est un ami, il ne fera aucune difficulté pour l'inscrire en internat. On fera passer ça comme le résultat de la bonne réputation de David mais je ne peux pas t'abandonner ainsi : il est hors de question que tu travailles à la conserverie : une place de gouvernante chez des relations, bien payée, tu accepterais ?

—Il ne voudra pas. Ecoute, Florian, ne pense plus qu'à notre enfant : tu n'en as pas d'autre, n'est-ce pas ? C'est le plus beau cadeau que tu m'aies fait. Le reste n'a plus d'importance : j'ai trouvé une place de femme de ménage : ne t'inquiète pas. Tu vas devoir partir, il revient à l'improviste pour me surveiller.

 Beatrix avait hurlé quand son père lui avait annoncé son départ en internat : elle ferait tout pour se faire renvoyer mais David avait été inflexible : « Tu me remercies de cette façon ? Tous les sacrifices, toutes ces heures de travail pour acquérir une réputation ? et si tu n'es pas au niveau, on te mettra à la porte au bout de trois mois «. Se moquant bien d'être intelligente, elle prit à cœur de ne pas le décevoir : après quelques cours particuliers d'un surveillant mandaté par Fischer, elle obtint le tableau d'honneur en fin de trimestre et acheva la seconde avec les félicitations : son père avait noté qu'il ne suffisait pas de bien commencer et que la première serait plus difficile. Bonne camarade, discrète, elle n'était pas invitée aux soirées des élèves de sa classe ; un étudiant de terminale l'avait pelotée un matin dans les toilettes puis devant son apathie avait conclu à sa frigidité. La lecture de quelques romans érotiques l'avait amenée au plaisir solitaire. Elle se suffisait à elle-même et prêtait une attention polie mais distante au monde extérieur.

 La faillite n'était pas venue de suite : le placement de Beatrix dans une institution de prestige avait galvanisé David : il s'était remis au travail et pendant un an s'était acharné : mais mû par une compulsion maladive, il dépensait plus qu'il ne gagnait en invitations où il payait des vins de qualité. Il avait licencié son employé après une altercation violente et le spectre de la saisie de ses outils de travail et de son local avait hanté le dernier trimestre 2007. Beatrix donnait des cours dans les beaux quartiers pendant les vacances, lui remettait l'argent qu'il dilapidait en braillant qu'on l'avait leurré. Les meilleurs moments étaient lorsqu'elle se rendait à la plage avec sa mère : celle-ci adorait nager et avait gardé un corps convenable. Le samedi, jour de congé de Celia, elles partaient en catimini et au retour s'offraient une glace au chocolat.

—Qui t'a appris à nager ?

Sa mère avait souri : «Un ami, il y a longtemps dans une piscine «

 Puis la situation s'était de nouveau dégradée : la saisie des biens personnels menaçait : David avait construit son affaire en son nom, pas d'associés, comptant sur la garantie de Fischer. Ce dernier n'avait pas renouvelé la caution dont le terme était fixé au décès de ses parents. Furieux, Fontane avait écrit au directeur qu'il retirait sa fille de l'établissement : cette dernière devait travailler. Averti le jour même, Florian contacta Célia : il était prêt à donner un coup de pouce si leur fille poursuivait ses études. On était à quelques semaines du bac.

Depuis des années, Célia avait compris que jamais elle ne sortirait de ce mariage. Tous ses efforts avaient pour but de préserver sa fille de la destruction de David : l'unique moyen serait que Florian la reconnaisse ce qu'il tardait à faire, il faudrait un événement pour qu'il passe outre sa vanité, son aura de meilleur avocat en affaires de Paris à la vie de célibataire somme toute irréprochable. Le trois juillet, elle avait obtenu une entrevue entre les deux hommes, ultime recours. Avant de partir, elle avait embrassé sa fille, impatiente de connaître les résultats du bac et lui avait glissé que dans ce chat en bois, elle trouverait une clé mais pas avant ses vingt-et un an : Beatrix avait ri : elle entourait des annonces de jobs d'étudiant. « Ne te moque pas, c'est très important, tu verras ».

—Mais oui maman, je te jure de ne l'ouvrir qu'à mes vingt et ans : tu es gentille. La clé du bonheur !

Le jugement condescendant l'avait blessée, David s'impatientait et se mit en rogne quand elle l'avertit que Beatrix était invitée chez des amis. Il ricanait : « Des amis ? il ne manquerait plus qu'elle se fasse engrosser la future étudiante, l'exemple maternel ». Son objectif était d'obtenir de Fischer le maximum, un autre prêt, sinon il la ferait engager en usine. Il lui serait aisé de persuader la future bachelière en larmoyant : ses études l'avaient ruiné. Florian céderait-il ? Celia prévoyait un affrontement décisif. Malgré sa lassitude, elle avait soigné sa tenue : une robe d'été bleue, les cheveux relevés lui donnaient un peu de courage. Florian avait interrompu David dès qu'il avait prononcé le nom de leur fille : il lui prêterait une certaine somme sous la condition que cette dernière vienne loger chez lui, à Versailles.

—Quel montant ?

—Vingt mille sur cinq ans, sans intérêt.

La rage avait submergé David : il lui prendrait donc toujours tout ! que ferait-il avec une somme pareille ? puisque c'était ainsi, il allait le regretter : il n'avait plus rien à perdre, lui. Florian, impassible, avait retorqué : « En effet : mais tu te trompes sur l'affection que te porte Beatrix : je me suis assuré qu'elle ait d'autres ambitions que celle de devenir ouvrière : elle hésitera peut-être mais son éducation dans l'établissement l'a formée : elle t'abandonnera pour étudier à Paris. » David avait blêmi, Célia avait fermé les yeux : Florian avait commis l'irréparable : « Cette nuit, se dit-elle, ce sera cette nuit. Dors, ma chérie, demain sera une dure journée. » David l'avait entraînée vers la voiture et contrairement à l'habitude, elle avait pris le volant : la nuit était d'une épaisseur d'encre, elle voyait mal.

Le quatre juillet à cinq heures du matin, il était devant elle, au visage miraculeusement épargné, les cheveux épars, le corps dissimulé sous un drap immaculé : d'une voix imperceptible, elle lui avait demandé d'aller la voir, de ne pas l'abandonner.

—On va te soigner, je prendrai les meilleurs spécialistes, ne t'inquiète pas. Pardon, je ne croyais pas qu'il irait aussi loin...

Dans un souffle, elle avait murmuré : « Cet été-là, c'était de l'amour ? » puis elle avait fermé les yeux ; il ne saurait jamais si elle avait entendu que oui, il l'avait aimée, bien davantage que les autres, et il était sincère ; une infirmière l'avait fait sortir. Un quart d'heure plus tard, le chirurgien lui annonçait qu'elle était morte, que cela valait mieux : David avait triomphé.

Beatrix avait été à la hauteur de ses espérances ; il attendait la fin de son parcours pour l'engager comme associée dans son cabinet : elle l'avait pris de court, lui avait envoyé un lien vers un de ces sites, puis avait disparu dans cette île de M. d'où l'avait ramenée Alan Bryan. Il avait cédé à toutes ses exigences. Celia Contini était morte de la lâcheté de deux hommes.

Début août

Accoudé à la rambarde de la fenêtre, il rêvait, seul dans sa chambre d'étudiant : comment avait-il pu être aussi attaché à cette fille ? » invraisemblable, se dit-il, j'aurais tout donné pour elle. » Il lui avait proposé de profiter de ses semaines de congé pour séjourner dans un hôtel au bord de l'océan et il entendait encore sa remarque :

—Un hôtel ? avec un feu d'artifice et un cirque ? des clowns aussi ? ils ne m'ont jamais fait rire.

 Le cynisme avec lequel elle tournait son projet en dérision l'avait meurtri mais plus encore son rire : « ne te vexe pas, samedi, mon père donne une réception en mon honneur, si le cœur t'en dit. »

 Fischer n'avait fourni aucune explication, elle était sa fille, son héritière et son univers s'était incliné devant cette ravissante jeune femme qui discutait avec les uns et les autres après l'avoir planté devant un buffet. L'avocat s'était contenté d'un signe de tête. Ce soir-là, il aurait pu comprendre que son rôle dans cette tragi comédie était terminé mais il s'était aveuglé : elle avait toutes les excuses du monde jusqu'à ce qu'elle lui signifie qu'elle logerait à la rentrée dans un studio ; en août, son père, —et ces deux mots lui donnaient la nausée—lui payait un voyage aux USA, New York, les Rocheuses.

—Très chouette, avait-il admis à contre-cœur, je suis content pour toi. Tu as obtenu ce que tu voulais.

Un rire perlé avait fusé : « Exactement ! Tu n'as pas eu ce que tu désirais, toi ? Une enfance chaleureuse, des parents indulgents, des études longues et un poste en hôpital. Du port à la résidence d'été, le chemin a été long, Alan, très long ».

 Que lui répondre ? que l'autre partie du chemin, il aurait souhaité la faire avec elle ? que si son objectif se bornait à parader dans les mondanités, elle ne l'intéressait plus ?   Elle était partie à une réunion de la famille Fischer : qu'il ne l'attende pas. Désœuvré, il avait surfé sur son ordinateur : elle avait par mégarde enregistré des fichiers personnels : des cours de droit, des exercices pour ses élèves de l'hôpital, et un lien qui le dirigea vers un site de rencontres d'étudiantes : son profil, ses photos, les tarifs l'anéantirent : un homme en costume clair lui apparut : ses jours de repos à son hôtel, les rendez-vous devant le manège, tout était là et il la croyait à lui : il n'était pas assez naïf pour ignorer ces sites mais qu'elle ait si bien triché pendant tout ce temps, même pour se venger de sa jeunesse, il ne parvenait pas à l'accepter. Une heure plus tard, il lut un texto : elle prenait l'avion le lundi, et lui souhaitait de bonnes vacances. Beatrix Fischer venait de naître ou de renaître, peu importait : il n'éprouvait plus rien comme si elle s'était vidée de sa substance qui la lui rendait unique : s'était-il entiché d'un coquillage vide dont même les couleurs diaprées ne le fascinaient plus ? Il appela Alex :

—Je suis en convalescence : tu as un plan ?

 Le premier septembre, Beatrix Fischer après avoir tenté vainement de contacter Alan Bryan chez lui appela l'accueil de son service : ce fut une voix connue qui lui répondit, celle de Sabine, très froide : « Le docteur est en mission humanitaire depuis le vingt août : dans quel pays ? aucune idée. J'ignore si cela vous intéresse mais vos élèves ont été très déçus de ne plus avoir de cours : heureusement, ils s'en sont bien sortis. « En mission humanitaire ? et sans doute très loin. Pendant le voyage aux USA, elle n'avait cessé de penser à lui : comment aurait-il réagi ? ils auraient piqué des fous rires, il lui aurait tendu ses lunettes de soleil : quelqu'un lui manquait. Machinalement, elle dévissa le socle du chat aux yeux morts : le certificat de paternité s'y trouvait avec la lettre de sa mère dont les derniers mots étaient : « Tu devras trouver un moyen pour que Florian te donne son nom : je fais confiance à ton intelligence. Tu seras celle que j'aurais voulu être «. Elle avait mis en place sa stratégie : Fischer, humilié publiquement quand elle aurait dévoilé sur les réseaux sociaux sa paternité : « l'avocat d'affaires si connu laisse sa fille dans la misère de la

prostitution ». Et elle avait croisé la route d'Alan :
elle l'avait fui de peur qu'il ne la juge méprisable,
jusqu'à M. : en vain. Puis Florian l'avait reconnue :
elle incarnait ce que sa mère voulait être, bientôt
associée au cabinet Fischer, le point de mire de tous
les regards sauf un, celui d'Alan dont elle avait perçu
la déception puis le mépris. Elle déchira la lettre,
fracassa ce chat de bazar contre le lavabo de la salle
de bains.   Le bruit résonna dans le silence de
l'appartement. Elle s'allongea : « vous n'avez pas le
droit de me faire ça « avait-il crié. Le sable de la zone
interdite luisait dans le verre placé sur son bureau :
elle en prit une pincée, la fit couler entre ses doigts,
le regard perdu dans un ailleurs dont elle ignorait
désormais de quoi il serait fait.

Chapitre neuf : Nulle part.

Des terres rouges craquelées de sécheresse, des chemins poudreux , un point d'eau où se rendent , matin et soir, hommes ou femmes, munis de bidons en plastique, de seaux ébréchés , baraques de tôles et de cartons entre lesquelles errent des enfants , la peau tendue sur la maigreur des corps, l'un arbore un tee-shirt « Titanic » aux couleurs passées , d'autres donnent des coups de pied dans une boîte de conserve éventrée , et au-dessus de la misère de ce camp de réfugiés, le ciel d'un bleu implacable : son horizon depuis fin août. Au loin, la jungle, hantée d'esprits maléfiques que les habitants ont fuie pour s'installer dans ces campagnes arides.

Beatrix était une erreur, et les semaines passées avec Alex puis dans sa famille l'ont trouvé taciturne à son sujet. Ici dans cet univers de désolation, elle n'a plus sa place ou alors une place minuscule :de temps en temps, à l'improviste, elle apparaît avec son damné sourire, ou en train de lacer ses sandales ; la nuit il rêve encore de cette rencontre de l'été, de ses cheveux humides, de leurs rendez-vous sur la digue, de ces hommes auxquels elle se donnait, puis elle s'efface au-delà des brisants. Les plaisanteries d'Alex sur sa chasteté le font sourire : il est en convalescence, à la diète. Le poste médical est à cinq kilomètres du camp : chaque matin, une équipe parcourt la route, montre les autorisations aux gardiens, puis la barrière levée entame une série de visites. Les patients les plus touchés sont emmenés dans une vaste tente aménagée en hôpital de fortune. Trois jours de visites, quatre dans l'hôpital.

 Il n'a pas eu à faire d'innombrables démarches pour partir : son diplôme, l'expérience à M. ont suffi, et trois jours après avoir postulé, il se trouvait dans l'avion puis à des milliers de kilomètres. L'équipe semble soudée par la volonté de faire au mieux : c'est ça : on fait au mieux, pas l'impossible mais presque. Le soir, ils préparent le lendemain, vérifient leurs carnets de route où chacun inscrit le nom, l'âge, les pathologies, les traitements. Six personnes venues de partout, avec leurs histoires secrètes au fond de leurs mémoires, avec lesquelles il n'a pas de point commun, à part cette conviction que le monde a chaviré dans l'indifférence, les morts d'ici, de cet ici perdu dans un pays sans pitié, ne comptent pas. Clarisse, la quarantaine, le visage plissé de soleil, coordonne les secteurs d'activités, obtient les autorisations, gère les stocks, sans se départir de son calme, obstinée telle ces fourmis qui processionnent des débris de végétaux ou de nourriture jusqu'à leurs abris. Jean est du pays, adopté en France, il a une formation de chirurgien ; taciturne, colérique, il travaille le plus souvent en solo ; Daniel est généraliste, il drague tout ce qui a une paire de nichons ; quant à Anne et Judith, infirmières, elles sont inséparables depuis leur enfance, et aussi dissemblables que le jour et la nuit : la première, les cheveux frisés tirant sur le roux est joviale et collante, la seconde ressemble à Olive de Popeye : irascible, et cul serré. Aucun ne se livre sur son passé, ce qui l'arrange : il ne se voit pas dévider une romance dans laquelle il s'est fait berner du début à la fin. Pas de tentation, encore moins de discussions scientifiques : on ne partage qu'un travail de routine. Chaque semaine, il appelle ses parents et Alex qui l'a hébergé avant son départ ; une fuite loin de cette fille aussi trompeuse que les sons du tambour rythmant les nuits de sons mélancoliques, de révoltes inutiles, d'appels à ceux qui sont nés dans des contrées où des camions transportent des réfrigérateurs, des matelas, des packs de nourriture et de boissons, d'invraisemblables stocks de toute une société à quelques heures d'avion.

Rires de l'enfant qui met sa main sur son ventre pour qu'il écoute son cœur, pudeur de la femme qui écarte les cuisses pour un examen , regards impénétrables des hommes à la poitrine creusée, méfiance de leurs potions , de leur science étrangère , hostilité sourde avec le gardien du campement, fusil sur l'épaule , conciliabules avec l'interprète , un étudiant d'une région voisine, contrôles de leurs colis , autorisations tamponnées à l'entrée et à la sortie

.Respecter les consignes , ne pas établir de relation avec ces réfugiés venus de villages pillés ou de la ville sous domination de l'armée : certains sont là depuis longtemps, oubliés des régimes politiques qui les ont spoliés, ostracisés: on examine, on soigne, on opère , on se débrouille avec les mutilations génitales , on est là uniquement pour ça sinon ce sera l'expulsion brutale . Ils sont l'unique organisation humanitaire à être tolérée depuis un coup d'état qui a eu lieu un an auparavant. La répression a été féroce : que ne ferait-on pas pour le bien du pays ? mais il se moque de la politique dirigée par un chef de la sécurité qui concentre les pouvoirs avec l'aide de militaires. Il a mis un océan entre lui et Beatrix Fischer.

Paris.

Claudie était en train de trier des vêtements dans le dressing.

—Tu gardes celle-là ?

Une robe violette atterrit sur le lit : et brusquement, elle revit la chambre d'Alan, son arrivée à M. : les images défilaient depuis leur zone interdite jusqu'à ce jour maudit où elle l'avait quitté pour une réunion familiale et les Etats Unis. L'étoffe soyeuse glissait entre ses doigts, liée à un parfum de violettes dans une chambre d'hôpital où les yeux bandés elle rêvait de l'ombre odorante de fleurs de sous-bois.

—Oui, je l'aime bien.

 Sans un mot Claudie la suspendit à un cintre. Elle se rendit dans la salle de bains, et s'examina dans le miroir : » Beatrix, se dit-elle à voix basse, tu fais ce que les autres exigent de toi mais tu n'es pas plus heureuse que dans la maison du port quand tu étais môme «.

Nulle part

 Noël, le nouvel an sont des jours semblables aux autres bien qu'ils aient bu deux bouteilles de champagne envoyées par des amis. La nostalgie des fêtes familiales, de la froidure de l'hiver l'a quitté, sans qu'il sache pourquoi. On s'embrasse pour la fin de cette année, et on part le matin vers le campement. Leur interprète a filé, la première semaine d'octobre, sans fournir d'explications. Ce n'est pas la première fois que ça arrive : toutes les hypothèses sont possibles : menacé par une milice armée qui rôde depuis quelque temps dans les parages ? Sa famille, s'il en a une, s'est-elle manifestée, à moins qu'il n'ait tenté sa chance avec un passeur ? « Très ennuyeux » juge Clarisse qui se met en quête d'un remplaçant. Les nouvelles de la capitale filtrent au compte-gouttes : l'épuration se poursuit, sans concessions pour les fugitifs qui arrivent dans un camion, une vingtaine, hommes, femmes et enfants, le regard rempli d'images insoutenables, des rescapés. Le camp grossit, excroissance maligne qui laisse prévoir d'autres arrivées. La journée du lendemain sera consacrée à un examen général : vilaines blessures pour certains, un accouchement difficile à venir ... Clarisse fait une tournée d'inspection avec eux, évalue les besoins supplémentaires.

 Elle se nomme Esi, recroquevillée dans un coin, et parle un français d'école, ponctué de bribes d'anglais. Vingt ans au plus, isolée, ni parents ni fratrie. Clarisse l'a emmenée : elle sera l'interprète, dormira avec elle, et pourrait aider au besoin. « Une proie rêvée pour les hommes célibataires ou non « a-t-elle justifié à leur équipe. Droite et mince dans une robe jaune et rouge, les cheveux tressés de minuscules coquillages, elle est venue le trouver vers quatorze heures.

—Je suis Esi, je peux vous donner le coup de la main

Il lève la tête : « le coup de la main ? On est bien partis si tu files ton coup de la main «. Le petit de deux mois pleurniche : il est en piteux état, malnutrition et tout le bazar et rejette systématiquement toute nourriture : la mère est morte la veille. Elle le regarde, les sourcils foncés, inquiète : son visage est d'une délicatesse de statuette égyptienne, enfin il ne s'y connaît pas trop dans ce domaine mais elle lui rappelle des reproductions en cours d'histoire.

— Tu vas le prendre sur toi, et on essaie de le faire manger : tu viens d'où ?

—De là-bas, élude-t-elle.

De ses doigts effilés, elle dégrafe le haut de la robe sur la fermeté du sein : allons bon : elle va le nourrir aussi ? Elle a pris le petit contre elle, murmure « Juste prendre envie » avant de le câliner en psalmodiant une mélopée étrange presque incantatoire ; le petit se calme, du doigt elle lui barbouille les lèvres, puis lui fait sucer le lait, goutte après goutte avec une infinie patience jusqu'à ce qu'il s'endorme enfin. Il recouche l'enfant, elle l'observe, le regard par en-dessous, bordé de cils immenses.

—C'est très bien, la complimente-t-il : tu peux m'aider avec les autres si tu le souhaites.

—Un enfant est à toutes les femmes, vous comprenez ?

 Pas trop, il a quelque peine à concevoir que n'importe laquelle puisse remplacer la mère biologique, mais il garde ses réserves pour lui : sa robe dessine un corps de femme voluptueux, elle s'en va sans se hâter, ses hanches ondulent au rythme de chaque pas mesuré, il demeure songeur quelques instants. Elle s'acquitte de son rôle d'interprète avec sérieux : aujourd'hui, le gardien exige qu'ils attendent une heure, « on est en avance, explique-t-elle, une heure. «

—Tu peux lui dire que vingt patients de plus, ça fait au moins une heure ? marmonne Jean, chirurgien, qui perd ce jour-là sa légendaire bonhommie. Trois fois qu'il nous fait le coup ce morveux.

 Si on attendait de lui qu'il les renseigne sur les usages et mœurs, peine perdue : il se défile avec une plaisanterie. « Il a commencé une autre vie, l'excuse Clarisse, tout ce qui lui rappelle son enfance est tabou. Mais il veut venir en aide aux siens malgré tout. Il ne parle pas leur langue : c'est difficile «

— Une heure, reprend Esi, avec une mine soucieuse en observant Jean à la dérobée. Celui-ci réplique de façon autoritaire :

—Exact, une heure. C'est rentré dans ta tête ou déjà sorti ? Dépêche-toi.

 Alan a serré les poings, qu'est-ce qui lui prend ? mais Esi rejoint le gardien : ils suivent la scène : » tu y es allé un peu fort, note Anne, aux cheveux coupés à la diablesse : « ce n'est pas si grave : on aurait attendu. » Jean est catégorique : « si elle est inapte, elle retourne d'où elle vient : on lui fait un traitement de faveur. « La remarque passe presque inaperçue : tous suivent la scène entre Esi et le garde. Celui-ci l'a écoutée puis a refusé : elle hausse le ton, il a un geste de menace explicite.

—On y va, ordonne Alan, pas question qu'il fasse son cinéma.

 Aucun ne bouge, comme anesthésiés lorsqu'elle s'accroupit et dessine une forme sur le sol, puis d'un coup de rein se lève. Subitement, le gardien recule, ouvre la barrière.

—Efficace, qu'est-ce que tu as fait ? l'interroge-t-il.

—Un sort, il a peur, explique-t-elle.

Jean ricane : il faut être stupide pour croire à ces âneries. Elle a baissé les yeux.

 Elle vient chaque jour dans l'endroit où sont soignés les plus jeunes, raconte des histoires interminables en mimant avec les mains, berce les autres, et le reste du temps lave les sols, change les couches, habile, discrète. Petit à petit s'établit une complicité tacite, elle devine si sa présence est requise, il lui apprend les basiques, elle s'exerce, il rectifie, effleurant sa peau douce par mégarde, troublé par cette féminité étrange qui veut que toute femme soit mère de tout enfant.

Un mois plus tard, elle se faufile dans sa tente, se glisse nue près de lui, il refuse d'abord, mais elle guide sa main. Vierge confiante qu'il initie avec le plus de douceur possible. Dans la pénombre sa peau se moire de reflets, il ne se lasse pas de la caresser, retrouve le plaisir de ce que donne la femme, plaisir occulté pendant des mois. Le matin, elle embarque le drap taché de sang, avec un léger sourire. Chaque nuit, elle le rejoint et la journée, elle s'arrange pour travailler avec lui. Sur la plante du pied droit elle a un curieux tatouage, un serpent noir se mordant la queue dont elle lui explique que c'est une sorte de signe : elle n'y accorde aucune importance mais ses parents ont respecté la tradition.

Une mère refuse de lui confier sa fille : un discours violent la prend à parti avant qu'elle n'emmène sa gamine. Lorsqu'il l'interroge, elle se contente d'un geste résigné. La scène ne l'alarme pas outre mesure, mais désormais elle se contente de nettoyer la cuisine ou des dortoirs vides. Lors des visites au camp, elle reste dehors avec le gardien : ce dernier semble la tolérer, il partage un fruit, discute avec elle.

Clarisse le convoque, le met en garde : il ferait mieux d'arrêter la relation. De toutes façons, elle a perdu la virginité et sera sur la touche le restant de ses jours : une fille déflorée n'a aucune valeur, elle le sait et lui aussi. Et la présence de leur association pourrait être remise en question avec ce genre de plaisanterie. Il a fermé les yeux sur cette réalité. Plus de valeur ? sans elle, il ne comprendrait pas ce pays et elle n'est pas une plaisanterie : Clarisse est le type même de femme célibataire qui déteste les histoires de couples.

—Si elle le sait, murmure-t-il, pourquoi est-elle venue ?

Elle a un geste vague : « tu es séduisant, tu l'as admise près de toi, elle vit l'instant : plus de famille, elle vient d'une autre contrée, autant te dire qu'elle ne songe pas une minute à l'avenir. » Il réfléchit : pourquoi pas ? il n'est pas près de repartir, elle a toute sa place dans son univers : ses principes volent en éclats :

—Et si je l'épouse ?

Clarisse gribouille sur une feuille : elle fera une demande au consulat mais Esi n'aura la nationalité française qu'après cinq ans de vie commune à l'étranger, quatre en métropole.

—Cinq ans ? mais je peux l'emmener en France ?

— Elle fera une demande de visa, si du moins, elle a envie de connaître l'Europe. «

—Très bien : tu veux bien me renseigner sur les documents officiels à présenter ?

—Je m'en occupe.

Mais Esi n'a pas de papiers, et il est impossible de retrouver un de ses proches. Leur demande est rejetée.

—C'est mieux, lui dit-elle, tordant une de ses nattes.

—On attendra mais on va échanger des vœux, on fera une fête et on finira bien par dénicher tes documents ; tu ne seras plus ma maîtresse, c'est ce qui compte.

Du moins, il le croyait et Clarisse avait joué le jeu.

Elle voulait un vrai mariage en robe blanche, et il avait accepté ce désir enfantin de réaliser un rêve de prince charmant. Ils avaient déterminé la date du vingt décembre. Un matin, il l'avait emmenée dans la ville, à cinquante kilomètres doutant qu'elle puisse trouver la tenue adéquate dans les échoppes de bazar. Sans hésiter elle l'avait dirigé vers une boutique ombreuse où des rouleaux de tissus surchargeaient les étagères : après avoir comparé les nuances de blanc, la qualité des étoffes, elle avait acheté : elle se chargeait de coudre la robe, ajoutant fils aiguilles et ciseaux. Il en avait profité pour faire l'achat d'une bague de fiançailles, une pierre bleue montée sur anneau d'argent et les alliances, toutes simples, en argent, elles aussi. Ils fêteraient leur union avec les autres soignants, et peu importait le reste du monde.

Les cheveux parés de multiples perles nacrées, avec une robe fluide drapée près du corps, elle était une ravissante idole au profil délicat, aux yeux étoilés de paillettes. Ivresse d'alcools macérés des journées auparavant, ivresse de la danse pendant des heures, ivresse de leur première nuit d'époux accompagnée de pleine lune et d'une pluie de constellations.

Elle n'avait pas exigé plus : sa place était dans ce pays dévasté. La sienne aussi. Peu à peu, elle l'initiait aux coutumes : les tambours : le rythme du cœur, de la terre, de la marche, les symboles des danses codifiées, l'importance de la communauté, les poésies psalmodiées pendant des heures ; une cosmogonie animiste donnait vie aux éléments, le ciel, les nuées, la terre, les animaux, tout faisait sens.

Avec elle, il apprenait à regarder autrement la mort et la naissance, non comme une fin ou un début mais tel un cycle permanent, objet de cérémonies interminables. Le dimanche, quand il n'était pas de garde, ils se promenaient dans les environs : sa terre se mourait de soif, elle revenait mélancolique, et se blottissait contre lui.

 Ne pas avoir d'enfant lui semblait un sacrilège au cycle de la vie, une offense à l'univers : et il avait eu honte de sa peur : fin janvier, elle était enceinte. Jean s'était proposé de l'accoucher mais il avait refusé : « Ne te vexe pas, mais je veux le mettre au monde, mon premier enfant, c'est important ». Il s'était jadis juré de jamais accoucher une femme proche mais là c'était différent : on n'était pas en métropole où tout était prévu en cas de pépin. Et au fond, il n'avait pas confiance, tout en se traitant de crétin vaniteux ethnocentrique. Pas une fois son collègue n'avait adressé la parole à Esi depuis l'incident avec le gardien, comme s'il lui gardait une rancune sourde d'avoir exploité une superstition locale. Et souvent, ses gestes étaient hésitants, ses interventions maladroites : il ne lui abandonnerait pas Esi et son enfant.

 Leur union et cette naissance à venir suscitaient des opinions mitigées : du côté de ses collègues, un consensus sympathique sans plus. Par contre, dans le camp des réfugiés, on était plus que réservé, surtout les anciens : pour les femmes tout enfant est source d'espoir, mais elles restaient prudentes à l'égard du choix du père ; les hommes désapprouvaient : Esi semblait imperméable à cette hostilité, se contentant d'un sourire énigmatique. Leur seule dispute était venue de ce serpent qu'elle avait tatoué sur la plante de son pied : elle le voulait pour leur enfant, il s'y opposait : elle s'était murée dans le silence, il avait cédé en songeant qu'on verrait bien après la naissance. A six mois de grossesse, elle provoquait davantage d'animosité de la part de certains réfugiés : l'enfant se concrétisait par un ventre arrondi, il guettait ses mouvements avec émotion. Mais elle était réduite au nettoyage : il s'en était alarmé, elle l'avait traité d'orgueilleux : finalement leur semblant de mariage n'avait guère amélioré la situation mais peu leur importait : ils vivaient en vase clos, dans sa tente égayée de tissus de couleurs vives. Il avait de moins en moins d'affinités avec ses collègues et se sentait merveilleusement bien avec elle. Elle s'était confiée sur sa famille : son père avait été un enseignant et par conséquent l'une des cibles du coup d'état. A peine avait-il eu le temps de s'enfuir, abandonnant femme et enfants ; aînée de six, deux jours après le départ du père, elle avait été séparée des autres. Toutes les démarches effectuées par Clarisse pour avoir des nouvelles étaient restées vaines. Esi avait foi dans des jours meilleurs, dans le triomphe de la vie, dans le respect mutuel des autres.

 Ses parents avaient reçu plusieurs photographies : son départ les avait dévastés, et ils avaient à cœur de maintenir le contact : aucune importance désormais qu'Alan ait un enfant d'une femme étrangère, du moment qu'il revenait au moins une fois par an : un colis était arrivé, rempli de jouets, de vêtements, de produits d'hygiène. Esi avait partagé avec les enfants du camp. Un voyage était prévu en France après l'accouchement : elle appréhendait le froid, le regard des autres mais l'océan qu'il avait décrit la fascinait. Le désir de contempler cette masse d'eau bleue comme ses yeux l'avait emporté sur ses craintes : il se réjouissait de la présenter au clan Bryan et à ses amis. Chaque jour, il l'aimait davantage, cette beauté étrange, son ardeur au plaisir, sa sérénité devant la misère, curieuse de tout, son rire qui fusait à propos de rien, d'une fourmi égarée sur sa couverture ou de la poussière voltigeant dans un éclat de lumière ; il attendait la régularisation de son statut et un visa. Clarisse s'activait et le rassurait : bientôt tout serait réglé ; leur enfant naîtrait en octobre : ils partiraient pour Noël : il avait déjà prévu de commander des vêtements d'hiver.

Chapitre dix : Paris.

 Les mois s'écoulaient dans la monotonie. Beatrix rêvassait dans sa chambre de Versailles, se remémorant le temps écoulé que dominait invariablement la figure d'Alan.

 Il l'avait aimée, elle ne concevait pas qu'il ne l'aime plus ou qu'il l'ait oubliée et la vie sans lui devenait d'une médiocrité affligeante : l'objectif assigné par sa mère la satisfaisait de moins en moins, aussi avait - elle mis toute son énergie à élaborer une stratégie pour essayer de le reconquérir : d'abord rentrer en contact : téléphoner à la famille Bryan était inconcevable : on lui raccrocherait au nez ; Julien ? le prétexte d'un contrôle ? Il avait changé d'établissement. Restait Alex, le copain secouriste disposant d'une adresse parisienne. Que lui dirait-elle ? Qu'il fallait qu'elle revoie Alan absolument, elle se repentait de ses erreurs, obnubilée par le problème de son enfance, il y avait été sensible, il lui donnerait peut-être une seconde chance ? Elle avait décidé de tâter le terrain dès septembre, Alex avait certainement des nouvelles.

Vingt août :

 Alex et Sylvia l'attendaient à l'aéroport, tendus. Il portait un vieux sac de voyage, flottait dans une vieille veste kaki : un pauvre sourire apparut lorsque Sylvia l'embrassa, les larmes aux yeux : « Alan, on est tellement, tellement … » Il s'était dégagé, avait serré la main d'Alex : « C'est bien que vous soyez là, » avait-il dit simplement.

—Je suis garé à deux cents mètres, précisa celui-ci, en double file.

Dans l'appartement, il avait craqué.

Cela avait été atroce : Esi était partie se promener dans les environs, Il lui arrivait de s'aventurer avec elle mais Jean avait requis son aide pour un accouchement par césarienne : le bébé souffrait, il était temps, lui avait-il assuré. Elle l'avait embrassé, et il avait aperçu sa silhouette marcher avec nonchalance vers l'horizon : elle ferait attention et n'irait qu'à deux kilomètres, le chemin était fréquenté le matin. Le trois, répétait-il, c'était le trois, le matin. La veille, une patiente était morte après une intervention bénigne : infection et tout le tralala, mais qu'est-ce qu'il avait fichu le chirurgien ? Il valait mieux qu'il soit présent pour la césarienne. A midi, le bébé avait crié, Jean avait le regard pétillant de la victoire : « pas une mince affaire, mais on y est arrivés, ça mérite une bière ! » Il avait tu ses doutes : le gamin ne vivrait pas, huit mois et quelque, pas de matériel pour les prématurés : quel défi lui avait donc lancé son collègue ? Il ne ferait pas de miracle. Clarisse les avait interrompus : Alan pouvait-il la suivre dans son bureau ? Il avait d'abord pensé à ses parents : son père ne rajeunissait pas.

—Alan, c'est Esi … avait-elle annoncé la voix étranglée. On l'a retrouvée.

Il s'était assis, ne réalisant pas : retrouvée ? elle s'était perdue ? elle connaissait par cœur le chemin, un malaise dû à la chaleur ? Elle avait entouré ses épaules :

—Tu vas devoir être courageux : elle a été assassinée.

 Il avait répété : « morte ? assassinée ? tu te trompes, où est-elle ? «

—A deux kilomètres, je suis navrée, vraiment.

 Le soleil lui semblait avoir disparu : « ce n'est pas possible, je vais la chercher, deux kilomètres, pas loin du camp, j'y vais. »

—Jean t'accompagne, Anne vient de le prévenir.

 Sous une bâche de plastique bleue se dessinait vaguement une forme : Esi ? deux policiers montaient la garde. Dans un état second, il avait découvert un visage méconnaissable, l'entaille dans le cou, le sang coagulé attirant les mouches et il s'était reculé, pris d'une violente nausée.

—On la ramène, je vais la soigner, on soigne toujours, Jean ? s'il te plaît ... je t'ai aidé tout à l'heure. Et l'enfant ? on va s'en occuper ? il sera prématuré mais je sais qu'on peut le sauver.

—Pas cette fois, Alan, viens : on l'amènera dans l'après-midi. Elle est décédée depuis plus de deux heures.

—Je ne la quitte pas. Elle est courageuse, elle s'en sortira.

 Jean l'avait fait monter de force dans leur camionnette, et soudain il avait compris, répétant « elle n'a pas souffert, dis-moi qu'elle n'a pas souffert », tout en sachant que c'était faux.

— Elle s'est débattue, c'est ce qu'on m'a appris le jour suivant. Une demi-heure peut-être, je ne sais pas. Elle est enterrée là-bas, dans la terre, pas de cercueil, même pas ça, avec notre enfant. Je n'ai pas voulu savoir, j'ai fui. On lui a pris sa bague, une pierre bleue, pas son alliance. L'enquête n'a pas donné grand-chose : un suspect relâché au bout de quelques jours.

Il tournait machinalement le cercle d'argent retenu par une corde rouge autour du cou. Sylvia s'était approchée de lui, chuchotant les paroles dépourvues de sens, mais qui consolent, « ça va aller, tu vas y arriver, elle savait que tu l'aimais, elle dort maintenant, et toi tu vas te reposer » Il avait sombré pendant douze heures d'affilée.

Elle s'était occupée de prévenir ses parents, mais avait précisé qu'il était trop tôt pour se rendre chez eux le jour même. « Il est détruit, on va tenter de recoller les morceaux, maman ; il va avoir besoin de nous tous, Alex m'aide beaucoup : il faut du temps «. Trois jours plus tard, il se confiait :

—Je vais retourner là-bas trouver celui qui lui a fait ça. Je lui dois. Je suis sûr que c'est le garde du camp.

— Tu ne vas pas faire justice toi-même ?

— Ne me parle pas de justice, tu n'as rien pigé ? Elle a été mutilée, ils l'ont mutilée, avant de la tuer, elle portait notre enfant, tu te rends compte, sept mois de grossesse ; il aurait pu vivre, enfin en métropole … Ne me détourne pas : c'est ce qui me fait tenir debout. Je vais marcher, j'ai besoin de marcher.

 Les jours suivants, il s'absentait plusieurs heures. Sylvia pensait que le désir de vengeance lui passerait, il était encore sous le choc. Elle avait invité Sabine et Christel pour le distraire, mais il était ailleurs, avec Esi dans ce pays sans pitié ni lois

 Le dimanche deux septembre, Beatrix avait décidé de se jeter à l'eau : Alex avait sûrement des nouvelles de son ami. A onze heures du matin, elle avait des chances de ne pas trouver porte close.

—Beatrix ? qu'est-ce que tu fais là ?

Sylvia se tenait devant elle, figée, glaciale. Elle avait préparé une entrée en matière adéquate afin d'obtenir quelques informations sur Alan :

—Désolée, je te dérange : je cherchais Alex pour avoir des nouvelles de ton frère : je me suis très mal conduite et je voudrais m'excuser.

Le visage de Sylvia était demeuré fermé :

—Alex, on a de la visite.

Ce dernier était apparu, un torchon dans les mains, stupéfait. Elle avait poursuivi :

— Vous êtes ensemble, toutes mes félicitations. J'expliquais à Sylvia que…

—Rentre, avait décidé ce dernier malgré la désapprobation évidente de la sœur d'Alan.

Le salon était envahi de revues en vrac, d'affiches de mode, de livres empilés. Alex avait débarrassé un siège pendant que Sylvia disparaissait dans la cuisine. Il semblait moins hostile : elle reprit doucement qu'elle ne s'imposerait pas, si seulement il pouvait dire à son ami qu'elle était passée, l'hôpital lui avait indiqué son départ en mission. Sylvia avait posé une tasse de café brutalement :

—Mon frère vient de perdre son épouse, dit-elle soudain, et l'enfant qu'ils attendaient.

Pétrifiée, elle eut la sensation que le temps s'était arrêté : une épouse et un enfant ? Il avait donc trahi ses principes pour une femme, et la jalousie lui serra le cœur : il en aimait une autre, plus qu'elle à qui il n'avait jamais proposé autant.

—Je suis désolée, finit-elle par prononcer, c'est affreux : je ne savais pas qu'il était marié, et...

La porte avait claqué, et il la regardait, plus beau encore que dans son souvenir, le visage creusé, plus mûr aussi. Alex toussota : il allait avec Sylvia acheter des oranges pour le jus du matin. Il n'avait pas cillé, muet. La gorge nouée, elle rompit le silence :

—Alan, je suis désolée. Ta sœur vient de m'apprendre : je suis navrée.

Il portait un de ses vieux tee-shirts délavés, et le souvenir de son corps la parcourut de désir d'autant plus qu'il avait appartenu à une autre, aimée au point de lui faire un enfant : là où elle n'avait obtenu qu'une promesse de vie commune, une inconnue l'avait amené à la paternité : sans doute très belle, plus douée qu'elle pour le plaisir ; il ouvrit la fenêtre, puis se rassit après avoir allumé une cigarette. « Trop tard, pensait-elle devant ce regard indifférent, c'est fini mais pas avant de m'être expliquée. »

— Je suis venue pour te dire que même si c'est terminé, je ne suis pas un monstre d'égoïsme, tu as été celui qui a compté. Voilà, je suis désolée, tellement désolée.

Il eut un vague sourire :

—C'est vieux tout ça, dit-il enfin, tu regrettes ?

Il venait de toucher le point douloureux : elle se sentait aussi vulnérable que si elle était nue devant lui.

—Je regrette.

— Que regrettes-tu au juste ?

Il n'était plus l'Alan facile à manier, il avait eu une autre femme, un enfant alors qu'elle n'avait rien si ce n'était sa position sociale qui ne valait pas grand-chose dans cet affrontement.

— Je regrette tout.

—Sois plus précise.

Il la torturait, exprès, et le pire était qu'elle aimait cette domination qu'il exerçait sur elle.

—De ne pas t'avoir compris, d'avoir refusé la vie que tu proposais, de m'être trompée à ce point.

Les mains croisées derrière la nuque, il l'observait : au bout d'une cordelette rouge pendait un anneau semblable à celui qu'il portait à l'annulaire.

—Je vais partir, murmura-t-elle, perdant tout espoir de ranimer quoi que ce soit de leur passion.

 Il lui offrit une cigarette puis du feu, sa main avait frôlé la sienne, il jouait avec l'anneau, pensif ; elle s'était levée.

—Tu es bien pressée : tu fuis toujours mais on ne peut pas t'en vouloir, n'est-ce pas ? Quand je pense à cet été où tu te prostituais pendant que je faisais le guignol dans le poste de secouristes, tu croyais que je ne l'apprendrais pas ? Mais ce n'est pas le fait que tu aies choisi cette option qui m'a fait partir : que tu mentes ainsi, avec cet aplomb : incroyable : si tu n'avais pas enregistré par mégarde tes fichiers sur mon ordinateur, je ne m'en serais pas douté. Qui sait ? tu joues peut-être le rôle de la repentie en ce moment. Mais quelle importance ?

 Il avait appris, et elle avait fui pour ça, parce que brusquement elle avait eu honte d'elle. Sur ce point-là au moins, elle pouvait se justifier :

—C'était pour l'humilier lui, pas toi : et si je suis partie ...

—Ok, tu as été touchée par la grâce, n'en dis pas plus. Qu'est-ce que tu voulais en venant ici ? que je tombe à tes pieds ?

Il repoussa la mèche trop longue qui lui barrait le front puis reprit : « Au fond, une de tes qualités est de savoir écouter et j'ai besoin d'en parler, j'en parlerais même aux gens dans la rue ou aux murs. Elle se nommait Esi, ce qui signifie droit du sang : elle était jeune et belle, m'ouvrait son monde : tout devenait lumineux avec elle, sans pièges ou arrière-pensées ; notre enfant serait né dans quelques semaines mais ils sont morts : tous les deux, un matin de chaleur ; elle était arrivée avec des réfugiés suite au coup d'état et … à quoi bon ? Rien ne reste d'eux. » Concentrée, elle avait suivi le récit qu'il dévidait, imperturbable. Pas question avec lui de se répandre en lamentations.

—Et maintenant ? lui dit-elle.

Il alluma une cigarette :« Y retourner, je leur dois la justice, c'est ce qui me fait tenir : ensuite, je ne sais pas et je m'en fous : il n'y aura pas d'ensuite. Qui sait ? si nous ne nous étions pas rencontrés un jour d'été, je ne serais pas parti, et je travaillerais au service. Tu regrettes : moi aussi, mais nous ne regrettons pas la même chose. « Le silence régnait dans la pièce, il lui reprochait d'avoir déclenché le destin, mais sa douleur le rendait injuste. L'aider, mais uniquement à retrouver le ou les coupables de cette horreur, était tout ce qui lui restait pour se rapprocher de lui.

—Tu connais les auteurs du crime ?

Pour la première fois, il sembla sortir de son passé : « peut-être le gardien du camp, mais je ne suis pas certain. »

—Pour quelle raison le soupçonnes-tu ?

Un geste las répondit à sa question : un matin, elle s'était heurtée à lui, sans doute pour ça.

—Rien d'autre ? tu ignores pourquoi ils se sont querellés ? Et que feras-tu là-bas ?

Ses yeux l'avaient scrutée, un regard froid de médecin qu'elle avait soutenu avec peine.

—Décidément, tu es comme Alex : je veux punir l'assassin, ce n'est pas normal ? Humain ? Tu as parfois un sentiment d'humanité ?

Son ironie lui redonna l'aplomb de l'avocate : « Très humain : je te pose cette question parce que dans ce cas, ce sera un échec : tu n'as aucune preuve : tu accuses sans fondement ; tu arrives, tu le tues ? A supposer que tu y parviennes et tu commets un crime qui te vaut des années de prison dans un endroit où en tant qu'étranger tu seras le bouc émissaire sans compter que tu auras fait payer, peut-être, un innocent. On n'obtiendra pas d'extradition. »

Agacé, il tourna plusieurs fois cet anneau ; « Et alors ? je renonce ? ils sont assassinés, et je reprends ma vie comme si rien ne s'était produit. C'est bien de toi, ça. »

Passer outre l'hostilité, elle avait appris :

—Je ne crois pas t'avoir parlé de renoncement. Un peu de réalisme serait de mise : de quoi vit ce pays ? Quelle est la situation politique ?

—Essentiellement de l'extraction de minerais ; un coup d'état a mis au pouvoir une dictature déguisée.

Elle se concentrait les mains nouées puis déclara : « Alors il faut une mission de juristes «

—Très réaliste, siffla-t-il, une seule organisation médicale est tolérée et on va subitement accepter des avocats ? tu me déçois, je te croyais plus ...

Elle l'interrompit :

—Ce qui serait insensé serait de te permettre de tuer un autochtone sur la foi d'une querelle avec ton épouse puis de plaider auprès de juges vendus par avance, le meurtre passionnel. Je reprends et merci de ne pas me couper avant que j'aie terminé : l'extraction doit être aux mains d'une compagnie étrangère. —Il acquiesça d'un hochement de tête— Qui dit dictature dit exactions de toute nature : je me trompe ?

—Non, mais à quoi rime ton exposé ? évidemment que les gens vivent sous l'oppression, les opposants dont la famille d'Esi sont éliminés, les réfugiés vivent dans une situation épouvantable mais quel rapport avec mon problème ?

Avec patience, elle reprit : » supposons que l'on alerte les dirigeants de la compagnie, qu'on leur fasse peur, tu suis ? «

—Leur faire peur ? tu plaisantes ! ils se moquent bien du sort des ouvriers ou des purges : tu devrais le savoir : leurs intérêts d'abord. Ce n'est pas ton credo ?

 Elle avait assez de pratique pour ne pas abdiquer devant l'accusation personnelle.

—Une entreprise n'a en effet que ses intérêts financiers en ligne de compte et ceux-ci pourraient être menacés : je peux terminer ? Imagine que le scandale éclate sur les conditions d'extraction … il suffit de leur mettre la puce à l'oreille : ils engagent …

—Un détective et un journaliste ? On est dans la série policière, tu as pourtant des lectures plus littéraires.

Décidément, il se déchargeait de sa rancœur sur elle, mais quelque part il ne l'avait pas oubliée : ce fut ce qui lui permit de continuer : « Pas un détective, encore moins un journaliste, un cabinet d'avocats en droit des affaires qui lui-même n'acceptera de les représenter que si les rapports de ses associés sont favorables. Et ces associés seront autorisés par le pouvoir à mener une mission sur les droits de l'homme : un jeu de château de cartes, on enlève une pièce et tout s'effondre.

 La rapidité avec laquelle elle avait analysé la situation lui fit mesurer son intelligence : il s'était torturé l'esprit pour trouver un moyen, elle démontait le mécanisme en quelques minutes.

—Le cabinet Fischer ? et tu ferais partie de la mission ? sur le terrain ? tu pourrais trouver l'assassin ? Ton père s'y opposera.

 Avec un geste inabouti vers le cendrier, elle répondit que c'était son problème mais un dossier sur ses remarques personnelles concernant l'association, le camp et ...

—Esi ? elle n'avait aucun papier officiel, le consulat a rejeté ma demande de mariage, on attendait des documents et un visa.

—D'accord, ça, on verra, mais le reste, même si c'est douloureux : tout ce que tu as remarqué sur ses rapports avec les autres, la date de son arrivée, etc...

tu me l'envoies le plus vite possible, même adresse
de messagerie.

—Pourquoi ferais-tu ça ? tu n'es pas du genre
altruiste : ne t'imagine pas quoi que ce soit ; je n'ai
rien à te donner. C'est clair ?

 Son sourire lui fit drôle, ce sourire si pur de petite
fille qu'il avait adoré.

—Limpide : il est possible que nous n'ayons ni
explication ni coupables, mais on essaie, je te tiens
au courant. Une fois là-bas, il va de soi que nous
nous ne connaissons pas.

—Très bien : je vais chez mes parents un mois ou
deux : je n'en ai aucune envie mais ils se font du
souci pour moi. Ensuite, je repars. Réponds à ma
question : pourquoi vas-tu t'impliquer ?

 —Parce que j'ai croisé ton chemin et que tu as
croisé le mien, répondit-elle en se dirigeant vers la
sortie.

Dans l'escalier, son cœur battait à tout rompre :
comment avait-elle pu creuser cet abime entre eux ?

 Après son départ, il s'étira : « Tu es diablement
belle, et douée mais ce ne sera pas une partie de

plaisir, Beatrix, et tu ne la remplaceras pas. Tiens Alex et Sylvia : vous êtes allés cueillir des oranges ? »

Sa mère avait immédiatement tendu les bras vers lui en s'écriant « Mon chéri ! tu es enfin là ! quel drame ! » Sylvia avait levé les yeux au ciel : « maman, tu es la reine des gaffes !

—Quelle gaffe ? Ton frère est malheureux : il va retrouver son équilibre dans notre famille mais il faut que tu nous expliques ton coup de tête : filer dans un pays aussi dangereux : quelle idée !

—Ne dis rien, maman, ça vaut mieux : je reste un mois et demi. Je repars terminer mon contrat.

Mais sa mère était trop occupée à servir une collation, le remède à tous les maux de la vie.

—Ton père a préparé le bateau : tu vas bien l'accompagner voir la mer ? Alex est charmant :je me passionne pour le haut Moyen-Age ou le bas, enfin, je ne sais jamais trop distinguer : tu devais t'y intéresser.

—Elle aurait voulu voir la mer, dit-il d'une voix étranglée, elle ne connaissait pas.

Sa mère avait levé les yeux vers lui : « Alan, on ne meurt que lorsque plus personne ne se souvient de vous : papa a collé ses photographies dans l'album de famille : elle est parmi nous.

 Le rituel de l'album lui fit mal : Esi était là hors d'atteinte désormais, intégrée dans cette famille qui avait quantité de défauts mais pouvait se révéler pleine de générosité à condition d'être accepté dans la tribu ; Beatrix avait reçu un accueil réfrigérant qui avait peut-être joué dans leur rupture.

 Il lui avait reproché d'être à l'origine de tout cela, mais c'était un peu comme ce père qui s'accusait d'avoir acheté un vélo à son fils : on cherche une explication rationnelle, un enchaînement de causalités parce qu'une logique supérieure à celle de notre entendement nous échappe. Sa famille le traitait tel un convalescent, mais il demeurait ailleurs : leur enfant serait né, ils prépareraient leur voyage, elle s'étonnerait des habits chauds. Comment aurait été le bébé ? fille ou garçon ? faute d'échographie, il l'ignorait. « Mon tout petit qui n'a pas eu le temps de venir au monde, de me sourire, de grandir avec nous deux ... »

—Alan, on va se faire une balade en bord de mer, l'appela sa sœur, tu te ramènes ?

 Il avait rédigé plusieurs pages de renseignements pour Beatrix : elle avait répondu « Merci, ça progresse «. Le jour de son départ, Sylvia et Alex l'avaient encore mis en garde : qu'il ne se lance pas dans une cause perdue ; mais la cause, la mort innommable d'Esi, n'est nullement perdue, se disait-il en lisant le dossier envoyé par Beatrix trois semaines auparavant.

—Il reviendra, commenta Alex, ma mamie disait qu'on revient toujours là où on de l'affection ».

—Ta mamie est encore plus pénible que mes parents, renifla Sylvia, espérons qu'il sera entier. On va à la crêperie ?

Florian Fischer notait sur une feuille les renseignements fournis par sa fille tout en entourant certains noms. D'abord il lui avait opposé un refus catégorique : trop dangereux, avait-il tranché. Elle s'y était attendue : pour qu'il réagisse, elle devait le mettre au pied du mur.

—Très bien, je me débrouillerai seule.

—Tu tiens bien trop à lui mais tu n'en obtiendras rien : il aime encore cette femme et il allait être père, ce qu'il ne t'a pas proposé : il va exploiter tes talents

et ensuite t'abandonnera. La pensée qu'il te
manipule et te fasse souffrir m'est intolérable.

—C'est un risque : mais je l'ai mené en bateau et toi
aussi : s'il n'avait pas cherché ton adresse, avec ce
livre, tu ne m'aurais pas retrouvée. Je te rappelle
aussi l'expédition à M : sans lui je serais aveugle ou
pire.

Il avait cédé : trois semaines plus tard, une antenne
de mission droits de l'homme était créée à une
dizaine de kilomètres de celle d'Alan.

—Tu seras accompagnée de Sébastien que tu
connais et de Justin Devis.

—Qui est Justin ? tu ne m'en as jamais parlé.

—Une de mes connaissances : un flic, si tu préfères,
qui me doit plusieurs services. Éric, un étudiant en
droit de seconde année, sera votre interprète.
Passons : nous venons d'avoir l'autorisation officielle
du nouveau pouvoir. Tu as misé juste : le pays vit de
l'extraction de minerais : la multinationale qui s'en
occupe à quelques inquiétudes : les profits sont
conséquents mais pas au point de se retrouver
devant une jurisprudence des droits de l'homme. Les
avocats ne se bousculent pas pour défendre leurs
intérêts, j'ai mis une condition : le rapport d'une
mission juridique pour laquelle tu es mandatée
comme ma représentante avec toute liberté

d'investigation : ce qui signifie que tu es en droit d'exiger la visite de camps de réfugiés et d'entrer en contact avec la seule association de soignants encore tolérée. Vous serez invités par le consul qui garantira votre protection puis par le chef de la sécurité : il tentera de vous persuader que tout est au mieux : visite d'une mine exemplaire par exemple. Tu sais comment procéder.

—Oui, je joue le charme de la jeune fille naïve et tout ce qui s'ensuit mais tu ne vas pas défendre des …

—Beatrix ! Il est évident que je vais me défiler dès réception du rapport et l'entreprise aussi ; fais traîner les choses, le temps de connaître qui était Esi et les coupables ; ce serait bien le diable si aucun des réfugiés n'avait pas un indice sur son origine. Pas de contact direct avec Alan Bryan, et cherche aussi du côté de ses collègues : il est assez curieux que ce soit l'unique association à être autorisée. Justin va fouiner à sa façon. Un souci ?

—Si on nous refuse l'accès au camp ?

 Il eut un geste désinvolte : ses conditions étaient strictes : au moindre refus, il se retirait et la multinationale aussi. Elle anticiperait avec une visite surprise et dans un rayon de dix kilomètres on apprend beaucoup de choses.

—Si tu sens un problème, Beatrix, tu m'appelles, tu te rends chez le consul ; tu peux expliquer aux soignants les enjeux de ta mission, de toutes façons ils l'apprendront.

—Promis. Tu es génial, je t'adore. Je vais potasser le pays.

 Seul, il maudit cet Alan Bryan : il n'avait pas intérêt à blesser sa fille. Elle était follement amoureuse et prenait tous les risques puis sa pensée prit un tour différent : il se désengagerait, l'entreprise aussi, l'extraction cessait, le pouvoir tombait : ce serait le chaos avant qu'une autre multinationale ne s'en occupe : qui sait si le sort de ces malheureux se trouverait amélioré parce qu'un jeune médecin voulait se venger ? Justin l'empêcherait d'aller trop loin. Il appela ce dernier : qu'il avertisse sa fille de ce qui l'attendait. La voix familière, bourrue, répliqua : « tu veux que je lui fasse un tableau complet ? « Il eut une minute d'hésitation : « Oui, ne lui cache rien ; elle le découvrira tôt ou tard ».

 La veille de son départ, Alan relisait le dossier de Beatrix : l'association se composait de trois autres personnes, Sébastien, dirigeant du cabinet de consultations gratuites où elle avait travaillé quelque temps, une expérience de l'humanitaire de quinze ans, d'un certain Justin Devis, un ami de son père, avocat également et âgé de quarante ans et d'Éric, un interprète, juriste aussi ; elle serait basée à une dizaine de kilomètres avec l'aval du pouvoir en place. Il était évident qu'ils devaient s'ignorer, communication par portable exclusivement. Elle serait sur place la semaine précédente. « Je reconnais que tu as du cran « admit-il en prenant la file à l'aéroport.

Chapitre onze : nulle part

 A la surface métallique de l'océan succèdent une masse de végétation d'un vert sombre puis le rouge des terres, éventrées par endroits de larges coulures pourpres : les mines. L'aéroport est quasi désert : l'on contrôle son passeport dans tous les sens, on tamponne avec une brutalité jouissive son visa. Dans la chaleur implacable, il imagine la silhouette d'Esi, dans sa robe jaune et rouge puis cligne des yeux : Anne au volant d'une camionnette agite la main.

 Anne Ferrand est une infirmière médiocre, originaire du Sud Est, plus exactement de la région d'Arles dont elle a gardé une intonation chantante.

—Contente de te revoir, lui dit-elle, en s'engageant sur la route, tu sembles en meilleure forme qu'avant ton départ.

—ça peut aller, quelles nouvelles ?

—Deux opérations risquées, et la mère du prématuré, celle de la césarienne, est décédée. Le petit aussi.

—Que s'est-il produit ?

—Une infection, quelques jours après : Jean l'a jugée capable de rentrer au camp mais elle n'a pas suivi ses conseils.

Il ne laissa rien paraître de sa désapprobation.

—Rien d'autre ?

Elle accélère, double dans un nuage de poussière une charrette tirée par un âne aux côtes saillantes. « Si, figure-toi qu'une association de juristes s'est établie à une dizaine de kilomètres : des défenseurs des droits de l'homme ! On était scotchés : le gouvernement leur a donné une autorisation et ils sont dans une espèce de villa plutôt merdique mais mieux que nos baraques. Clarisse considère qu'ils ne sont là que pour la frime, le genre à établir un rapport « tout va bien «. On leur déroule le tapis rouge quoi …. Ils nous ont prévenus qu'ils viendraient demain faire un premier tour dans le camp, ils ont amené leur interprète. Qu'est-ce que tu en dis ?

—Pas grand-chose. Ils feront leur boulot et nous le nôtre.

Un large sourire élargit son visage replet : il avait raison, après tout ça ne changerait pas leur quotidien ; au fait le gardien du camp avait été remplacé une semaine après son départ mais rien de bien important.

« Bien joué, Beatrix, pensait-il, Florian a en effet le bras très long « et l'idée qu'elle était là pour lui le réconfortait. L'équipe avait préparé un dîner de bienvenue, on l'assaillit de questions sur son séjour sans évoquer la mort d'Esi, il éludait, se noyait dans des banalités sur le froid automnal, l'épidémie de grippe à venir. Bientôt, la conversation roula sur les juristes, des prétentieux pistonnés qui se feraient mousser ensuite : Jean se taisait, morose, Clarisse s'indignait : « ils ne vont quand même pas nous dire comment faire notre job ! Je vais les remettre en place et vite fait » Il partit se coucher tôt, retrouva intact le souvenir d'Esi, ses cheveux sombres nattés de perles, son corps souple et frémissant. Personne ne se souciait plus d'elle, à part lui et par un concours de circonstances, Beatrix, son ancienne maîtresse.

A sept heures, l'équipe de juristes les surprit en train de préparer leur visite quotidienne. Beatrix avait une robe sombre, les cheveux massés en chignon : il reconnut Sébastien à son tatouage de fleurs dans le cou ; deux autres hommes l'accompagnaient : Justin

Devis, grand et athlétique, des yeux bruns pétillants, et Éric, leur interprète, maigre et boutonneux. Il baissa les yeux sur son carnet pendant qu'elle rompait le silence hostile qui s'était installé.

—Nous sommes venus plus tôt, désolée vraiment, commença-t-elle, nous n'allons pas nous éterniser aujourd'hui : juste prendre contact mais que ce soit clair : nous ne sommes pas des experts en médecine : je crois qu'à part Seb que voici, aucun de nous ne pourrait soigner quoi que ce soit : il est capable de faire un pansement, ça s'arrête là. Par conséquent, ne nous prenez pas pour des espions mal intentionnés à la solde de puissances occultes ou d'un journal à sensation ; le seul agent double, ici, c'est Éric.

 Un petit rire les détendit, mais Daniel rompit le lien qu'elle tentait d'établir.

—Ok, mais qu'est-ce que vous faites là alors ?

Sans se démonter, elle croisa son regard :

—Nous allons rédiger un rapport sur le respect des droits de l'homme.

Il revint à la charge, elle pouvait préciser ? les droits de l'homme, c'était flou.

—Bien sûr : travail forcé des enfants, conditions sanitaires aux normes, traitement des déchets, vérification que tous les propriétaires des terrains exploités ont été dédommagés, information aux réfugiés de leurs droits, ce sont les principaux axes.

—On va vous mener en bateau : vous aurez droit à des dossiers truqués, des mineurs payés en sous-main. En clair, vous pourriez rédiger votre machin ce soir et ce serait bouclé.

Clarisse intervint : « Ne sois pas aussi amer : ils verront bien, n'est-ce pas ? » Mais Beatrix avait plus d'un tour dans son sac et avec son sourire candide reprit la main :

—Vraiment ? vous croyez ? c'est plus complexe alors que nous ne pensions. Remarquez que c'est pour cette raison que nous sommes ici pour entendre votre parole intègre et accessoirement celle de vos patients. Au fait, nous pourrions nous présenter : je m'appelle Beatrix, juriste en droit des affaires et en droit international, voici Justin, spécialiste en droit pénal, Sébastien, qui dirige l'association, et a effectué des missions un peu partout pendant quinze ans, et Éric qui est originaire de l'est, en seconde année de droit.

Alan la contemplait discrètement, elle jouait bien, avait sûrement prévu l'animosité de la plupart de ses collègues, lorsque Clarisse, la voix haut perchée, renvoya la balle : « Clarisse, je suis l'organisatrice,

mais je ne comprends pas qui vous a envoyés ».
Beatrix s'effaça avec habileté : Justin allait expliquer :
celui-ci s'approcha de Clarisse, le jeu de la séduction,
pensa Alan, il est sûr de la troubler, elle n'a pas baisé
depuis des lustres. Ils ont répété leurs rôles :

—Question pertinente, Clarisse, si vous
permettez que je vous appelle par votre prénom :
d'où viennent les ressources de ce pays ?

 Déstabilisée par sa présence et la question, elle
répondit que l'extraction des minerais était l'activité
principale et ... « Et, qui s'occupe de cette
extraction ? reprit-il avec un timbre de voix
particulièrement doux, une multinationale : mais ?
celle-ci a des craintes sur le respect des droits de
l'homme : je vous sens impatiente de connaître la
conclusion : précisons que cette entreprise n'a rien
de philanthropique, ni le comité de direction ni les
actionnaires ne sont de tendres donateurs : ils
redoutent d'être impliqués dans de sordides
histoires, vous me suivez toujours ? Avant de
renouveler leur contrat avec le pouvoir en place ils
ont mandaté un cabinet d'avocats : le nôtre qui va
s'assurer que tout est en ordre. Nous rencontrerons
le chef de la sûreté ou sécurité, Sébastien, quel titre
il a ? Sécurité, en fin de semaine. En fonction de nos
conclusions, le cabinet représente leurs intérêts ou
non.

—Et si c'est non ?

 Il eut un geste désinvolte : cela ne les concernait plus.

« Fischer est derrière tout ça, se disait Alan, mais jusqu'à quel point ? «. Sa fille avait remercié Justin et proposait de faire plus ample connaissance le lendemain soir, dans leur maison. Clarisse avait retrouvé ses esprits :

—Nous viendrons à votre petite sauterie —Il réprima un sourire, le mot la trahissait, une sauterie, seigneur, ce Justin devait se marrer — mais vous ne visitez pas le camp aujourd'hui ?

—Nous avons prévu de nous promener dans les environs, une reconnaissance des lieux sous la direction d'Éric. Nous ne souhaitons pas vous importuner davantage. Demain, vingt heures ? merci de votre accueil. Un plaisir de faire votre connaissance. Sébastien, tu conduis ?

 Après leur départ, les langues se délièrent : « si on excepte le côté fille à papa, petite pétasse de cette Beatrix, déclara Clarisse, je les trouve très pros «
« Pros « : son terme fétiche, avec elle, on était
« pro ». Daniel haussa les épaules « la petite pétasse, il lui ferait bien un examen pro «. Anne le remit en

place ; « elle n'est sûrement pas en manque, si tu croyais la baiser, tu t'es planté « ; suivirent quelques plaisanteries salaces sur les trois mecs plus une nana et il avait une furieuse envie de leur casser la figure : Beatrix n'était pas une sainte, mais elle avait respecté sa promesse : ils avaient été en dessous de tout : on ne leur avait même pas offert un verre d'eau.

A deux kilomètres, ils stoppèrent : Beatrix sortit le plan envoyé par Alan : « c'est là qu'on l'a retrouvée », déclara-t-elle en désignant un emplacement sur la terre craquelée. Ils examinaient les environs. Le silence était impressionnant.

—Éric, puisque c'est ton coin, demanda Justin, il y a des habitations à la ronde ?

Celui-ci n'était nullement originaire de l'est : il avait quitté son village natal à quinze ans avec une bourse d'études, à une dizaine de kilomètres. « Il y avait deux fermes autrefois, deux familles mais j'ignore si elles sont restées : la sécheresse a dû les faire partir, je vais quand même jeter un coup d'œil « Sébastien l'accompagnerait. Justin fit part de ses impressions à Beatrix : l'endroit n'était guère isolé, ils avaient même croisé deux personnes sur la route. Bizarre :

est-ce que son ami avait des détails sur l'heure présumée de sa mort ? Esi venait souvent ici ?

—Je vais lui demander par texto. Que penses-tu de ces médecins ? je n'en ai pas trop dit ?

 Il la contempla quelques instants : la fille de son ami était d'une beauté que l'on ne devinait pas au premier abord, pas le style poupée en caoutchouc, et fugitivement elle avait des expressions de son père. Il avait connu Florian étudiant à Paris, dans la file d'attente d'un ciné-club : le film les avait déçus, ils avaient sympathisé. Leur camaraderie s'était muée en amitié solide ; Florian lui avait confié son aventure avec Célia Contini ; à la mort de celle-ci, il avait reporté son affection sur l'adolescente : sa disparition l'avait dévasté. Il tenait à elle comme à la prunelle de ses yeux. Elle avait écouté le tableau qu'il lui dressait du pays sans l'interrompre, puis avait conclu que c'était plus horrible qu'elle ne croyait mais elle ne se défilerait pas.

—Ce que nous appréhendions, une certaine hostilité, dit-il en ramassant une pincée de terre. Tu as été parfaite, comme toujours. Leur organisatrice doit chercher à connaître le cabinet d'avocats qui est mandaté par la compagnie. Je gage qu'elle surfe sur internet.

Elle avait froncé les sourcils, et si elle établissait le lien avec Alan ? ils avaient été en mission dans l'île de M. « Sauf que tu te nommais Beatrix Fontane, pas Fischer, répliqua -t-il en laissant filer la terre. Nous y verrons plus clair demain soir. «

—Et Daniel ? il a essayé de me mettre dans l'embarras ...

Un sourire bonhomme se dessina sur son visage : elle était tellement désireuse de résoudre cette sordide affaire et de se réhabiliter aux yeux de cet Alan Bryan qu'elle risquait de faire tout capoter : « il a voulu attirer ton attention, tu lui plais, Beatrix. Il nous faudra les dossiers de chacun d'eux. Nos maraudeurs sont de retour : alors ? « Sébastien haussa les épaules : « Deux vieilles bicoques abandonnées, des tas de planches mais il faudra y retourner «.

Alan examinait une vilaine plaie sur le bras d'un gamin de six mois lorsqu'un message s'afficha : Beatrix. Jean s'approcha, il éteignit son portable. « Des nouvelles de tes parents ? tu ne réponds pas ? « .

—Ils attendront. Le môme n'était pas bien costaud. Le mien n'avait aucune chance, n'est-ce pas ?

Son collègue avait blêmi : il avait fait le nécessaire, elle ne présentait aucun signe d'infection ou il l'aurait gardée : elle avait forcé sur les travaux ménagers et … il le coupa : il ne le remettait nullement en question ça arrivait parfois. « Surtout si on la renvoie dans son taudis le lendemain « se dit-il en son for intérieur, ce que la fiche d'admission de la patiente lui avait confirmé la veille. Jean avait détourné la conversation sur les juristes, il éluda avec la même désinvolture du style « chacun son travail « tout en regrettant d'avoir trahi son hostilité mais que personne ne fasse allusion à la mort de sa femme et de son fils l'exaspérait.

 Vers dix-huit heures, il quitta son logement : « je vais faire un tour sur la tombe, ne m'attendez pas «, signala-t-il à Anne. « Seul ? tu es sûr ? » Il lui fit un petit signe amical et s'éloigna. Elle était enterrée dans un cimetière créé à la va vite : une simple pancarte avec son nom signalait le monticule. Il s'assit et demeura rêveur puis consulta le message de Beatrix qui lui demandait l'heure du décès : les yeux fermés, il se remémora la scène, le sang coagulé : une heure, peut-être deux après son arrivée, mais il n'avait pas voulu assister au reste. » Vers dix heures, dix heures trente, elle est partie vers huit heures et demie «. Un autre texto s'afficha : « tu es certain de l'endroit ? » Ses questions l'énervaient même s'il en comprenait la raison : revoir la scène ouvrait la blessure à vif. » J'étais sous le choc, mais a -priori non, elle n'a pas été tuée là ? » « On ne sait pas. Qui l'a retrouvée ? » Il n'avait même pas songé à s'en informer, il se contenta d'un point d'interrogation qui amena une autre question : » Qui l'a préparée pour l'inhumation ? » Une vraie torture, qui ? deux femmes du camp de réfugiés, il s'en souvenait bien : il leur avait donné la robe blanche de mariée mais avait refusé de la voir, anéanti dans sa tente, les mains serrées autour d'une de ses robes. « On cherche, Alan, ne t'inquiète pas « « il ne put s'empêcher de poser la question : « Une piste ? des indices ? et le gardien ? ». La réponse fut laconique « On s'en occupe ; des anomalies relevées par Justin. A demain soir, efface surtout «. Il obéit, et resta un moment près de cette tombe : « Esi, mon petit, qu'est-ce qu'on vous a fait ? « .

 La maison des juristes comme la nommaient ses collègues était une bâtisse de bois vermoulu, sans doute propriété d'un fermier aisé que la sécheresse avait ruiné. Jean s'était proposé pour être de garde, et leur groupe avait ramené quelques bouteilles de bière, pour ne pas arriver les mains vides. Des tréteaux avaient été disposés sur la terrasse avec des gobelets de plastique, des assiettes en carton et plusieurs plats recouverts de papier. Des colis s'amoncelaient sur le côté gauche. Justin et

Sébastien les accueillirent : Beatrix et Éric achevaient de confectionner de petits pâtés de viande que l'étudiant avait négociée au bourg. Justin s'empressa auprès de Clarisse qui pour l'occasion avait revêtu une robe aux fleurs démesurées de couleurs criardes. Les autres n'avaient pas changé leur tenue, maillot blanc avec logo de leur association et jeans. Sébastien s'occupait de Daniel en lui indiquant que les colis étaient pour eux, cadeaux de l'entreprise, des médicaments de première nécessité, entre autres.

—Un vrai père Noël ! grinça ce dernier mais on ne nous achète pas.

 Il aurait reconnu sa voix entre mille : « qui achète qui ? «, s'était-elle exclamée, en jeans constellé de farine avec un haut noir qui dessinait ses seins menus. La silhouette en fourreau de leur Garden party à M. se superposa à celle qu'il avait sous les yeux : même ainsi, elle parvenait à être ravissante, relevant ses cheveux dénoués d'un geste nonchalant, avant d'entraîner Daniel vers le buffet. A quoi rimait cette mascarade ? Il n'allait pas tarder à comprendre : elle neutralisait Daniel, Justin se consacrait à Clarisse et Sébastien allait de groupe en groupe. Celui-ci lui serra la main en plissant les yeux une fraction de seconde : « Éric a besoin d'un coup de main à la cuisine, Beatrix l'a abandonné avec un monceau de farine, soupira-t-il, si tu veux bien le sortir du pétrin, au fond à gauche ». Éric aplatissait d'une main énergique une pâte blanchâtre : à côté une assiette remplie de morceaux de viande et de légumes :

—Je peux t'aider ? Alan Bryan.

 L'étudiant improvisé cuistot lui désigna une pâte étalée sur un torchon : il découpait des triangles, les fourrait de la mixture, recouvrait d'un autre triangle : une grille posée sur un feu de bois dorait déjà les pâtés. Il se mit à l'ouvrage, l'interrogeant à mi-voix : il était de l'est du pays alors ?

—Je suis d'ici, chuchota l'autre, d'un bled déserté mais personne ne me reconnaîtra. On a effectué une reconnaissance, ça ne colle pas.

 Il fronça les sourcils en ciselant un triangle, qu'est-ce qui ne collait pas ? Éric s'approcha, rectifia les angles du triangle, et à voix très basse l'informa : » elle ne peut pas avoir été tuée à cet endroit, pas assez de temps et trop de risques d'être surpris. Désolé de te dire ça, mais il y a des chances que ça se soit produit dans une des baraques abandonnées un peu plus loin et qu'on l'ait ... » « torturée », finit-il la gorge serrée. Mais à quoi cela l'avançait-il ? c'était pire. Éric lui mit la main sur la sienne : « Je vais nouer des relations avec les réfugiés : votre interprète sera neutralisé deux jours, ça, c'est ton affaire, file-lui en douce une saloperie qui va le clouer au pieu «. Il allait répondre quand Anne se montra dans l'embrasure : « vous avez besoin d'un coup de main ? ça sent vachement bon, c'est quoi ? »

—Du serpent avec des petits légumes, j'ai enlevé le venin, répliqua Éric le plus sérieusement du monde.

 Horrifiée, elle se recula, il éclata de rire : « tu ne veux pas dessiner des triangles ? ou tu ne sais pas ? » elle s'était enfuie. « De la chèvre, précisa-t-il, mais tous sont suspects. «

—Mes collègues aussi ?

—Justin s'en charge. On est bon, trois pâtés par personne.

 Beatrix virevoltait en traînant Daniel dans son sillage, elle ne va pas coucher avec ce sinistre crétin, pensa-t-il, le dévouement a ses limites. « Alors, ces pâtés, ça vient ? « lui demanda-t-elle, le regard lointain.

—Abominable, intervint Anne, je n'en veux pas : c'est du serpent !

—Mais non, la rassura Éric, on te fait marcher, de la chèvre.

Daniel l'observait, il avait pu acheter une chèvre ? un bel exploit. Beatrix s'interposa, lui tendit un gobelet : « Une très vieille, lui murmura-t-elle, moche « Troublé, il lâcha Éric. Clarisse ne quittait pas Justin des yeux : il lui remplissait son gobelet toutes les dix minutes « ce n'est pas fort, ça se boit comme du petit lait « lui susurrait-il, en la frôlant : le manège amusa Alan, les fleurs de sa robe ondulaient ... la soirée s'animait d'autant plus que les pâtés façon Éric étaient pimentés à se brûler la gorge. A deux heures du matin, ils repartirent éméchés avec une promesse : la prochaine fois, ils invitaient. Dans la camionnette, Clarisse, écarlate, riait à tout propos : « Ils sont charmants, vraiment charmants ! cela faisait longtemps que je ne m'étais pas sentie aussi bien, il fait une de ces chaleurs ! « Il réfléchissait à ce qu'Éric lui avait dit : Esi, sa petite Esi avait été torturée dans une de ces baraques dont lui-même ignorait l'existence. Il dormit mal, et s'éveilla plusieurs fois dans la nuit : quelles femmes avaient donc préparé le corps ? La journée s'écoula monotone, Clarisse encore émoustillée par la nuit de folies avait fixé la date du lundi soir pour rendre l'invitation. « Ça va devenir un salon mondain « grimaça Jean. Pendant deux jours, Beatrix ne lui donna pas signe de vie. Clarisse avait confié avec un air de conspiratrice : « Ils sont invités par le chef de la sécurité, Justin m'a avertie, il est très gentleman. Tout va bien. » Qui était « gentleman » ? Le chef ou Justin ? elle frétillait comme une carpe hors de l'eau.

 Le chef de la sécurité avait déballé les verres en cristal et la nappe damassée : ambiance bon enfant démentie par les soldats qui montaient la garde devant chaque porte d'une villa à quelques kilomètres où il avait pris ses quartiers : l'apparition fugitive d'une très jeune épouse intimidée complétait le tableau idyllique d'un fonctionnaire soucieux de son peuple et d'un mari exemplaire. Leur maison leur convenait-elle ? s'ils avaient un quelconque problème, qu'ils n'hésitent pas l'appeler sur sa ligne personnelle, ce serait vite réglé. Il leur présenta les membres de son comité, on se salua chaleureusement puis ces derniers s'esquivèrent. Beatrix, en robe bleu pâle, très ajustée, les cheveux tirés en chignon serré, Justin et Sébastien en costumes clairs, illustraient à merveille l'élégance sobre de membres d'un cabinet d'affaires prestigieux. Éric était demeuré dans leur logis pour éviter tout soupçon. La conversation roula d'abord sur Paris où il avait fait ses études d'économie, sur les rénovations indispensables des monuments prestigieux de la capitale, sur le quartier latin, et les agréments de la vie parisienne. Beatrix évoquait les bouquinistes des quais, Sébastien les dernières exposition d'art contemporain et Justin la circulation délirante du périphérique. Beatrix, le sourire puéril, amena la discussion sur les routes : allaient-ils voir des animaux ? Justin avait plongé le nez dans son assiette de bisque de homard : leur hôte n'avait pas le sens de l'humour ; elle s'en sortit par une pirouette, elle plaisantait bien sûr, mais quels dangers pouvaient les attendre ? Le chef de la sécurité n'était pas stupide, il louvoya, des bandes de pillards, des misérables sans foi.

—Je vois, dit-elle, en serrant les lèvres, vous avez fort à faire, question d'éducation aussi ?

 Il saisit la balle au vol : ce serait une de leurs priorités, leur ambition était de lutter contre la résistance au progrès encore sensible dans la majorité des campagnes. Justin, qui en avait enfin terminé avec la bisque, directement de la boîte de conserve à son assiette, le relança : il avait lu quelque part que des meurtres avaient été commis dernièrement, mais où avait-il donc déniché ces informations ? Une feuille de chou sûrement à l'affût des moindres rumeurs, de quoi faire sensation : il n'y accordait aucun crédit mais le cabinet s'était immédiatement alarmé : s'il pouvait démentir par une confirmation officielle : ce serait un grand pas de franchi. Son interlocuteur était sur la défensive, arborant une mine contrite tout en appelant d'un claquement de doigts la domestique, le temps de réfléchir, temps que Sébastien abrégea : « J'en ai aussi entendu parler, Beatrix, ton père a un avis sur la question ? » Elle peinait à achever l'assiette de soupe et croisa son regard : « Mon père ? il est très scrupuleux en la matière mais de toutes façons, les services de police ont bien fait une enquête, un double le rassurerait : on n'a pas retrouvé de coupables ? la victime était une jeune femme, non ? ». L'habileté avec laquelle elle venait de transformer un racontar de journaliste en fait avéré avait déstabilisé leur hôte et Justin se fit à lui-même la réflexion « tel père, telle fille «. Il prenait son temps, piégé : soit il niait et l'enquête policière plombait l'avenir soit il trichait : il opta pour l'entre-deux.

—Mademoiselle Fischer, votre père a bien raison d'être méfiant mais les femmes seules ne sont à l'abri nulle part : il ne vous arrive certainement pas de vous promener la nuit dans un quartier louche de la capitale, n'est-ce pas ? il en est de même ici : une imprudente s'est aventurée trop loin en début d'après-midi où tout le monde se protège de la chaleur : si toutes les femmes respectaient les consignes, nous n'aurions aucun incident. On a arrêté un jeune drogué mais faute de preuves il a été relâché. Naturellement, je peux vous obtenir un rapport.

Enfin débarrassée de son assiette, elle échangea un regard furtif avec Justin : « Nous vous faisons confiance pour le rapport, un gage de l'efficacité de votre police. Quel est le programme ?« A ce moment Justin s'excusa : il aimerait aller aux toilettes, surtout qu'on ne dérange personne, il suffisait de lui indiquer le chemin. Pris par son exposé sur les réjouissances qui attendaient ses hôtes, il lui indiqua un couloir et à l'étage, une seconde porte à droite.

Visite d'un village en préfabriqué dont les maisons de mineurs peintes de couleurs vives s'alignaient le long de deux rues, avec au milieu d'une place un point d'eau potable : des femmes sur le pas des portes les regardaient passer et les plus jeunes enfants agitaient la main. Le chef de la sécurité avait délégué un guide qui expliquait l'installation de canalisations pour que chaque foyer bénéficie de l'eau. L'électricité serait en service dans les prochains mois, on brûlait les ordures ménagères dans un terrain vague à plusieurs kilomètres de là ; une école venait d'ouvrir : dans une salle de classe, dix gamins écrivaient sur des cahiers neufs sous le regard sévère d'un instituteur. On aurait entendu une mouche voler. On leur offrit un goûter composé de fruits et de pains ronds dans la salle communale. Parfois un nuage rosé survolait le village, « signe de beau temps

« interpréta leur guide. Au loin, une immense installation se détachait sur l'azur implacable. Sans la présence de quelques soldats armés à chaque extrémité du village on aurait pu se croire au pays des merveilles. « Ils ont transporté un bled de Suisse, « chuchota Sébastien dès que leur chauffeur les déposa, comme prévu, devant la maison du consul. On se quitta dans les meilleurs termes du monde.

 Edgar Morin, dans les trente-cinq ans, n'attendait qu'une chose : foutre le camp de ce pays et il les reçut avec le soulagement du naufragé devant la voile d'un vaisseau. « Tout le monde s'en va, » répétait-il en écrasant machinalement un énorme cafard qui trottinait sous un fauteuil en osier. Il leur servit des citronnades, et s'enquit de leurs impressions. « Des écoliers ? première nouvelle, quant aux canalisations d'eau, elles sont encore à la fonderie. Le nouveau pouvoir a modifié les conditions de recrutement des ouvriers : de quatorze ans on est passé à douze et bientôt à dix ; pas de protection, des journées de douze à quinze heures avec deux pauses de trente minutes, un salaire de misère sans compter les terres volées sans compensation. A vingt ans, ils sont fichus. J'ai alerté la compagnie sans réponse jusqu'à votre venue. « Beatrix sirotait sa boisson « A ce point-là ? mais c'est Germinal ! remarqua-t-elle. Au fait, nous avons eu vent d'un meurtre commis dans les environs du camp de réfugiés, d'après le chef de la sécurité, un drogué en serait à l'origine «. Il écarquilla les yeux : « un drogué ? où l'a -t-on déniché celui-là ? je ne suis pas au courant. Elle était de nationalité française ? » Justin enchaîna : » Malheureusement non : un médecin de l'association humanitaire, a fait une demande en mariage qui a été refusée par vos services, elle ne disposait pas de papiers d'identité, enceinte de sept mois «. Morin se gratta l'oreille : « refusé ? attendez, je vais vérifier «. Il se connecta à son ordinateur : « Bryan Alan, je l'ai : aucune trace de demande en mariage à moins que ma secrétaire se soit trompée. Je l'appelle, comment se nommait la promise ? «

—Esi .

Tout en pianotant sur son bureau il discuta avec la secrétaire puis raccrocha, l'air consterné :

—Nous n'avons pas reçu de demande mais nous pouvons peut-être trouver un dossier sur la jeune femme, du temps où on nous communiquait des renseignements.

Malgré elle, Beatrix frissonna, en suggérant à mots couverts que si un poste plus paisible se présentait, il en serait averti.

« Bilan, récapitula Sébastien : le chef se plante sur l'heure du meurtre puisqu'il affirme en début de journée, et qu'on l'a retrouvée en fin de matinée : le rapport sera bidouillé et la demande de ton ami n'est jamais arrivée «. Justin compléta : « Reste à savoir à quel degré lui et les autres sont impliqués et qui était cette malheureuse ».

« Celle qu'il aime encore, pensa-t-elle en revoyant les photographies qu'il avait jointes au dossier : une singulière beauté dans des robes colorées, la dernière révélait sa grossesse ; elle ne souriait pas, immobile devant l'objectif comme si le fait d'être photographiée était une concession faite à Alan. Pas une fois il n'avait pris de photo d'elle et une mélancolie diffuse la rendit muette le reste de la journée.

Chapitre douze

 Alan lisait le message de Beatrix : « Pas de demande en mariage reçue par le consulat. Tu neutralises votre interprète pour après-demain. « Le remplaçant d'Esi était un type taciturne qui avait la manie de laisser une bouteille de son soda dans la camionnette pendant la nuit : le matin, il retrouvait sa boisson de prédilection assez fraîche. Sa demande n'était jamais parvenue ? Clarisse lui avait juré de faire le nécessaire et il avait rempli quantité de formulaires. Il s'apprêtait à lui demander des comptes puis se ravisa : soit elle avait commis une erreur, peu probable, il lui avait posé la question au moins dix fois, soit elle … il répondit à Beatrix « demande envoyée par Clarisse. « Deux minutes plus tard, sa réponse s'affichait : « Ok, Justin est sur le coup, à demain soir «. Anne entrouvrit sa tente : « je te dérange ? tu vas bien ? Jean m'a dit que tu avais fait allusion à Esi : on y pense souvent mais on ne veut pas remuer le couteau dans la plaie » Elle le collait depuis son retour : superbe métaphore que celle du couteau, songea-t-il. « Très sympa de votre part. On va rendre la politesse aux juristes, payés à ne pas foutre grand-chose «. Elle se mit à glousser.

Toutes leurs provisions avaient été réquisitionnées pour l'occasion, une toile était tendue en auvent. Clarisse prenait des poses, en robe à fleurs minuscules, légèrement au-dessus du genou. Elle n'avait pas lésiné sur la quantité de parfum. On la reniflait à dix mètres. En guise de bienvenue, elle avait même exhumé quelques bouteilles de vin blanc sec. S'il n'avait pas eu l'info sur sa demande en mariage, il l'aurait considérée avec amusement, du genre « Il va te la mettre là où il faut « mais il restait perplexe. Les juristes étaient à l'heure avec une Beatrix en robe sage : l'idée qu'elle ait couché avec Sébastien ou Justin l'effleura, chassée rapidement : cela ne le concernait plus. Très vite on les interrogea sur leurs visites, ils éludaient jusqu'à ce que Jean qui ne quittait pas Beatrix des yeux intervienne : elle se nommait Fischer comme l'avocat qui défendrait les intérêts de l'entreprise ? demanda-t-il à brûle-pourpoint. Déconcertée une fraction de seconde elle répliqua :

—Oui, c'est mon père. Je ne vous l'avais pas dit ?

Alan se souvenait qu'elle avait tu son lien de parenté avec Florian, et Jean n'assistait pas à leur invitation, bizarre qu'il ait eu ce renseignement mais son collègue insistait : « Et ton père t'envoie dans ce pays ? ce n'est pas trop dur pour une fille habituée au luxe de ne pas avoir de salle de bains ? « Qu'est-ce que tu cherches ? pensait-il, à lui faire perdre son sang-froid ? « Mais Beatrix s'était vite remise de cette attaque brutale : « Je ne vais pas te mentir, Jean : mon père est impitoyable avec moi : il me prépare à toutes les situations éprouvantes, y compris celle de ne pas avoir de salle de bains. ». Théoriquement Jean aurait dû lâcher mais il revenait à la charge : et sa mère n'avait pas son mot à dire ? Un coup bas dont il ignorait sans doute la portée à moins qu'il ne se soit renseigné sur Fischer. Il se préparait à faire diversion pour lui éviter un souvenir douloureux mais Justin lui tendit une bière, le paralysant d'une poigne vigoureuse. En se dépêtrant avec un toast, elle répondit :

—Ma mère ne parle plus depuis longtemps : elle est morte. Mais si tu es satisfait, permets-moi de te poser une question à mon tour : où as -tu fait tes études ? Paris ? mes félicitations, tu es certainement très brillant et coriace.

Clarisse, contrariée par cette altercation, d'un air faussement enjoué les invita à se servir de tout ce qui était sur la table. Alan connaissait assez Beatrix pour deviner qu'elle prenait sur elle. Il s'éloigna, bientôt rejoint par Anne et Judith sa copine : « Jean est de mauvais poil, lui dit-la première, ce genre de fille n'est pas de celles qui l'auraient approché dans d'autres circonstances. N'est-ce pas Judith ? « Cette dernière approuva, il fallait lui pardonner et il était chez lui. Confusément, il sentit qu'elles attendaient qu'il prenne position :

—Possible : j'ai assez de problèmes sans me soucier de ceux des autres.

 Anne s'excusa : elle avait été maladroite et pour abréger les commentaires faussement larmoyants, il se résolut à montrer la dernière photo de sa sœur. « Elle est ravissante, elle est mariée ? elle te ressemble, la même couleur des yeux « ; son air énamouré de chatte en chaleur l'énervait : il se leva, il avait faim, pas elles ? Jean avait disparu, Daniel draguait effrontément Beatrix, et Clarisse s'agrippait à Justin. Seuls Sébastien et Éric demeuraient en retrait. Il en avait assez et se réfugia dans son logis. Bientôt le brouhaha cessa, les portières de la voiture claquèrent. Le matin, vers cinq heures, un message s'afficha « N'oublie pas votre interprète, Éric prend la suite ; si tu peux, va faire un tour dans les maisons abandonnées près de l'endroit. Observe bien. « Il relut : tout cela en valait-il la peine ? il répondit : « Et si on arrêtait tout ? « Deux minutes plus tard la réponse arriva » impossible « « Fais attention à toi » inscrivit-il avec une sorte de tendresse puis il effaça : après tout, elle ne l'avait pas ménagé, qu'elle se débrouille. Tout le monde dormait, et un chaos indescriptible régnait sous l'auvent. Il se dirigea vers l'armoire à pharmacie, mesura un tiers d'un truc inoffensif mais assez vache pour tordre les tripes de leur interprète pendant deux jours et le glissa dans sa poche. La camionnette était garée derrière leur campement : la bouteille de soda à moitié pleine était à sa place ; il versa sa potion :ni odeur, ni couleur, niveau identique parfait.

 Comme prévu, le type siffla la moitié de la bouteille, et le reste au retour. Travail de routine qu'il accomplit machinalement, l'esprit occupé par les avertissements d'Éric : se méfier des collègues ? plus le temps passait moins il se sentait en phase : Jean était sur le qui-vive dès qu'il l'assistait et il y avait de quoi : il commettait des erreurs de débutant, il les lui avait signalées au début, ce qui avait déclenché des remarques acerbes, il était pédiatre, de quoi se mêlait-il ? qu'il aille s'occuper des mômes. Daniel était en-dessous de tout, il vérifiait en catimini ses diagnostics, et le couple d'infirmières inséparables le surveillait en permanence.

Vers dix-sept heures, il partit se promener, déclinant l'invitation d'Anne et de Judith : il préférait être seul. Combien de fois n'avaient-ils pas avec Esi marché le long de ce sentier en projetant un avenir commun ? et tout s'était résumé à une bâche bleue : le sang avait giclé violemment sur son visage et sans doute la toile en était-elle imbibée : mais ce matin-là, le médecin avait cédé la place à un type anéanti, il n'avait pas procédé au moindre examen : le lendemain, elle était enterrée avec leur enfant sans aucune cérémonie : les autres collègues étaient en visite au camp, personne à part ces deux femmes ne l'avaient vue , pas même Jean ou Daniel pour lesquels elle n'était qu'une réfugiée parmi d'autres. Le gardien avait creusé puis enfoui ce qui restait d'eux dans la terre desséchée. Les maisons abandonnées se trouvaient à quelques centaines de mètres, masquées par des buissons épineux : elles révélaient la désolation de lieux autrefois pleins de cris et de rires, désormais privés d'âme. On avait dû partir dans la précipitation : des ustensiles de cuisine jonchaient le sol de terre battue, dans un cadre de bois, une couverture se décomposait. Chacun de ses pas résonnait, un ou deux insectes se hâtèrent de se cacher dans les interstices des murs. La première habitation ne lui révéla rien de particulier, il s'engagea dans la seconde : plus nue encore que la précédente, noyée de poussière et d'ombre : deux vastes pièces sans le moindre objet attestant d'une occupation .Beatrix et son équipe s'étaient trompés , bien qu'en effet leur raisonnement tienne la route : en chemin, il avait croisé des gamins dépenaillés, avec des masses de branches sèches sur le dos et plusieurs femmes , un ballot sur la tête, revenant d'un centre s'approvisionnement. Le reste de la journée, on y était seul. Le meurtre n'avait pris que quelques minutes mais le reste ? elle aurait pu alerter un passant. L'atmosphère était étouffante, le ciel plombé de nuages lourds : dans quelques minutes l'orage éclaterait, violent, rapide, martelant de pluie le toit en fer. Il n'avait plus qu'à attendre. Assis sur une planche de bois, il songeait : Clarisse lui avait menti : redoutait-elle des problèmes avec les réfugiés ? Ce mariage dérangeait-il son organisation ? Le fracas du tonnerre fit vibrer les murs, en quelques minutes l'averse frappa le toit ; la porte s'ouvrit : le vent s'engouffrait dans la pièce. Il fit retraite dans la seconde, plus étroite, et se recroquevilla dans le coin le plus sombre à même le sol. Quelque chose de dur le gênait, il s'écarta, fouilla la poussière.

—Notre interprète est malade, une vraie catastrophe, l'avertit Anne dès son retour au camp.

Quel orage ! tu es trempé. N'attrape pas la crève, toi aussi et demain les juristes viennent faire un tour ! Clarisse est dans tous ses états.

La nuit allait tomber : la terre avait immédiatement absorbé la pluie et offrait une surface grumeleuse. Il se sécha les cheveux, puis enleva son tee-shirt, Anne le contemplait. « Tu as de quoi te changer ? tu n'enlèves pas le jeans ? » Il se força à rire :

—Voyeuse ! Alors qu'est-ce qui lui arrive ?

—Il vomit et le reste mais n'a pas de fièvre : on l'a installé à part, Daniel pense qu'il a mangé quelque chose. Tu ne vas pas le voir ?

—S'il dégueule, il va évacuer, je ne vois pas l'intérêt de contredire Daniel. Tu veux bien me laisser seul le temps que je permute de froc ? et de sous-vêtement ?

Elle se mit à plaisanter : il était pudique à ce point ? elle en avait vu d'autres. « D'autres quoi ? et puis ta présence pourrait provoquer une réaction physiologique : allez, vilaine, dehors ! » Elle rit bêtement, traîna : que pensait-il de la fille, Beatrix ? jalousie ou piège ? Il se composa un air ennuyé :

—Une intello, concéda-t-il, pas mon genre. Et toi ?

— Daniel voudrait se la faire pour qu'elle perdre un peu de son assurance.

Il ressentit une pointe au cœur, cet été -là, il y avait tellement cru, et un ancien désir de la prendre, de se perdre dans ses yeux étranges le saisit ; Il poussa l'intruse vers la sortie : quel poison … après s'être assuré qu'elle était à bonne distance, il sortit de sa poche une perle maculée de boue, blanche et nacrée qu'il avait enveloppée dans un mouchoir en papier : Esi la portait le jour de leur mariage de tragi comédie, ne voulait plus s'en séparer. Il la fit rouler dans le creux de sa paume, fermant les yeux. « Tu étais si belle, si heureuse ce jour-là, murmura-t-il, ce n'est pas de ma faute ? dis-moi que je n'y suis pour rien ». La perle soigneusement dissimulée au fond de son sac, il prit un jeans sec et mit l'autre à sécher dehors sur un fil. L'interprète se tordait. Clarisse se lamentait : qu'allaient penser les juristes ?

Le chef de la sécurité avait obtempéré : un mail sans ambiguïtés d'un cadre de la multinationale avait exigé que soient communiqués tous les rapports des meurtres de l'année sans exception. Pendant toute la nuit, ses collaborateurs avaient fouillé les archives : certains manquaient : ils avaient confectionné des documents en s'inspirant des anciens. Celui de cette Esi était succinct : la jeune femme avait été égorgée, on lui avait dérobé une bague. Classé sans suite après l'arrestation d'un jeune, relâché avec un alibi imparable : il était à cette heure -là au dispensaire, et sa visite avait été enregistrée. Justin avait mis de côté les rapports contrefaits, » l'encre du tampon est fraîche, ils nous prennent pour des cons, tant mieux », avait-il soupiré, avant de trier les autres en deux tas : d'un côté des meurtres d'hommes, règlement de comptes probablement, de l'autre des femmes et un enfant : cinq en tout, retrouvés à différents endroits mais à proximité du centre de soins.

Clarisse avait littéralement fondu devant Justin : leur interprète était au lit, et ils ne feraient donc pas de visite ce jour-là. Il lui avait familièrement entouré la taille : « Quelle folie ne ferait-on pas pour passer plus de temps avec toi ? «, lui susurra-t-il, nous allons envoyer Éric avec le reste de nos troupes : j'ai ramené un petit vin, tu m'en diras des nouvelles «. Beatrix s'était tassée contre Sébastien, et Daniel expliquait en quoi consistait leur planning. Bientôt apparut le nouveau gardien :

—Éric, à toi de jouer, ordonna Jean et ne trace pas de sort sur la terre : ça ne porte pas bonheur.

Sébastien s'étonna : on croyait aux sorts ici aussi ? quand il avait participé à une mission dix ans auparavant, il avait constaté que l'on était encore superstitieux : on leur avait même déposé une tête de chien devant chez eux. Jean haussa les épaules, des bêtises, ici les gens étaient évolués. Alan n'avait pas levé les yeux de son carnet. Éric parlementait avec de grands éclats de rire : « ça a l'air de coller » remarqua Daniel, improvisé organisateur, Jean et Alan vous vous occupez des femmes plus jeunes et des gamins, Sébastien vous accompagne, Je me charge des mecs, Beatrix, tu viens avec moi ? » Celle-ci joua de son sourire d'une naïveté trompeuse dont il avait fait les frais :

—Nous aimerions juste nous balader, tu sais bien que nous ne sommes pas compétents : on va vérifier l'installation, discuter à droite et à gauche, peu nous importent leurs traitements. On y va ?

 Daniel eut un geste de résignation : déjà elle se dirigeait vers des baraques au fond du camp.

 Les visites des malades achevées, leur groupe stationnait devant le grillage : « Qu'est-ce qu'ils foutent ? grogna Jean, ils se sont fait lyncher avec leur code des droits de l'homme ? » Anne et Judith s'impatientaient elles aussi, Clarisse allait les attendre. Il eut envie de rire, Justin devait sûrement s'en occuper, quel dévouement ... Sébastien apparut le premier, sans se presser, suivi d'Éric et de Beatrix :

—Désolée mais nous nous sommes attardés, cela ne se reproduira plus.

—Tu t'excuses beaucoup, lança Daniel mais on a autre chose à faire que de baratiner.

 Elle rejeta d'un mouvement agacé la masse de cheveux retenus avec un ruban puis se fit toute douce, très câline ; elle avait ainsi joué avec lui, et d'autres, mais et il devait l'avouer, elle était irrésistible :

—Et moi qui espérais que tu reconnaîtrais mes compétences ! je t'explique : d'accord ? si le cabinet dirigé par mon papa estime que les droits fondamentaux ne sont pas respectés, l'entreprise ne s'impliquera pas, faute d'avocat : les conseils de ces multinationales sont prudents, pas qu'ils se soucient du confort des ouvriers mais un scandale, un procès ne sont pas leur intérêt. Et si l'entreprise se retire, aucune ne prendra la suite : du coup, le pouvoir actuel va aussi avoir des ennuis et peut-être votre association : effet domino : on enlève une pièce et ça fait plouf !

 Anne mit sa touche de mauvaise humeur : elle les menaçait ? de quel droit ? qui était -elle pour juger leur travail ? Elle avait côtoyé la misère, elle ? et anéantir un pays serait dû à leurs rapports truqués ?

Son père avait des pots de vin pour détruire ce qui
était en train de se mettre en place ?

 La querelle allait s'envenimer, Sébastien
s'interposa : « On est dans le réalisme, Anne, ça te
pose un problème ? ou ça se joue dans le règlement
de comptes ? » Brièvement, il avait croisé le regard
d'Alan : « Je ne vais pas coucher avec elle pour qu'ils
vous fichent la paix », pensa ce dernier qui se poussa
pour faire de la place à l'infirmière : une mèche de
ses cheveux raides lui chatouillait le cou, et à un
chaos, elle heurta son épaule. Il fit l'effort de lui
sourire : « Encore un peu, et tu te faisais mal »,
prononça-t-il le plus gentiment possible. « Et tu
m'aurais soignée ? » susurra-t-elle. « Le marivaudage
débile avait désamorcé le conflit mais Beatrix était
soucieuse ; personne ne desserra plus les dents.
Justin et Clarisse, passablement ébouriffée, se
tenaient devant une bouteille de vin largement
entamée. Elle les accueillit tout sourire : cela s'était
bien passé ? Pas de souci avec le gardien ? Ils avaient
sûrement très soif et très faim : Justin avait bricolé
un plat de riz et de viande en conserve, il avait de ces
talents ! Beatrix hésita puis acquiesça : en attendant
le repas, elle aimerait faire un tour à l'hosto, certains
malades avaient peut-être des questions sur leurs
droits ? si l'un d'eux pouvait l'accompagner ? Justin
murmura quelques mots à l'oreille de Clarisse :

—Alan, c'est à ton tour de te dévouer. Éric vient avec vous.

Il les précédait, en se retournant de temps à autre, elle suivait de son pas aérien un peu hésitant. La salle était paisible, Éric se dirigea vers un lit pendant qu'il l'entraînait dans l'infirmerie ; il lui tendit la perle trouvée dans la maison en ruines. Elle la fit rouler quelques instants dans sa paume puis planta son regard dans le sien :

—Je préfère te le dire de vive voix, Éric a appris le départ des femmes qui se sont occupées d'elle.

Il s'appuya sur le montant d'une chaise, et s'apprêtait à l'interroger. Elle mit un doigt sur ses lèvres, un bruit de voix venait de l'entrée : Anne s'adressait à Éric qui lui indiquait la pharmacie. Un instant plus tard, elle fouinait : Alan était un excellent professeur, n'est-ce pas ? Les joues de Beatrix rosirent, certaines images lui revinrent, il rangea quelques flacons pendant qu'elle répondait avec cette intonation particulière qu'elle avait lorsqu'ils étaient ensemble dans sa chambre.

—On m'expliquait le fonctionnement de la pharmacie et les besoins. Je vous remercie de votre patience avec une néophyte comme moi.

Il ne put s'empêcher de répliquer : « un plaisir, Beatrice, vous apprenez vite ». Anne s'esclaffa :

« Beatrix, avec un x, tu es vraiment distrait. « « Ah !
oui, Beatrix, reprit-il, excusez-moi ; curieux prénom,
peu courant : vous n'avez pas d'autres questions ? »
Son regard s'était fixé sur la porte : « Aucune, nous
pouvons rentrer «. En chemin, elle bavardait avec
l'infirmière : c'était un métier exigeant, elle avait du
courage, et ce médecin n'était guère loquace.

—Alan ? il traverse une mauvaise période, des soucis
familiaux : j'essaie de le distraire.

—C'est très gentil à toi, répondit-elle en s'avançant
vers le buffet improvisé par Justin. Alan avait déserté
le repas improvisé.

 Justin mit la clé USB sur laquelle il avait copié les
fichiers de l'association. Sébastien se marrait :
pourvu que ça vaille le sacrifice ! Il sentait le parfum
à dix mètres. Justin se retourna : « Mon abnégation
n'a pas de limites : remarque qu'avec pas mal de vin,
elle s'est endormie d'un coup, ne me demande pas
de détails, il n'y en a pas. Soyons sérieux et voyons
un peu à quoi on affaire et à qui. Voici les formulaires
remplis par ton ami : elle ne les a pas envoyés. Les
dossiers et les statuts de leur association, pour plus
tard, un registre sur les réfugiés, le rapport sur la
mort d'Esi avec le nom de l'inculpé et son
adresse que notre bien aimé chef de la sécurité avait

omise comme par hasard. Demain, on commence par là. Beatrix, tu épluches les dossiers ; je pue vraiment le parfum ? » Elle lisait le document déniché par le consul sur la famille d'Esi et les traductions par Éric des entretiens avec les réfugiés de l'ancien régime : « ça ne va pas être facile « dit-elle à mi-voix. Sébastien chuchota « Toute vérité n'est pas bonne à dire «, elle mit de côté les documents.

Ce matin-là, Alan s'éloigna au fond du camp de réfugiés en quête des deux femmes qui avaient procédé à la toilette funéraire d'Esi. Les maisons étaient vides. Leur interprète remis de sa cure l'informa de leur départ, la veille. Coïncidence pour le moins singulière ... il laissa un message à Beatrix qui ne reçut de réponse que le soir : « Fais -nous confiance «. Agacé, il écrivit : « Je ne te fais plus confiance » message qu'il regretta aussitôt ; elle ne réagit pas.

Il avait au plus dix-sept ans, et logeait dans un taudis aux abords du camp : lorsqu'ils arrivèrent, il tenta de s'échapper, retenu par la poigne solide de Justin, Beatrix était restée dans leur maison à sa demande ; le jeune ressassait son alibi : il était au dispensaire. « Bougre d'imbécile, avait maugréé Justin, on l'arrête le jour même, il n'est pas foutu de cracher son alibi pendant deux jours, et subitement il se rappelle de sa visite : il nous prend pour des cons. Qui l'a payé pour faire traîner ce semblant d'enquête ? qu'est-ce qu'il sait de cette fille ? traduis «. Éric s'exécuta : en pure perte : il soutenait qu'il avait fumé, et la mémoire était revenue, examen avec une infirmière, le nom ? il ignorait. « On n'en tirera rien « conclut Justin lorsqu'un détail attira son attention : le môme portait au majeur une bague avec une pierre bleue. « Demande-lui qui lui a donné cette pierre «

—Un bijou de famille, traduisit Éric.

—Je lui en foutrais un coup dans les bijoux de famille, il va le cracher, je te jure.

 Il lui saisit le poignet, le tordit : « qui t'a donné cette bague, si tu ne dis rien, je te bousille le bras, putain ! traduis «. Une expression de terreur défigura le visage du jeune qui balbutiait qu'il ne pouvait pas le dire sinon …

—Sinon quoi ? on te liquide dans un terrain vague ? de qui as -tu la trouille ? Bordel, on va y arriver ! Sébastien, tiens-lui le bras gauche.

 Un craquement sinistre se fit entendre, suivi d'un hurlement. Le gamin balança tout ce qu'il savait.

Beatrix relisait le dernier message d'Alan : cette affaire les séparait plus qu'elle n'aurait cru. Les pièces du puzzle s'assemblaient pourtant. Un crissement de pneus l'avertit du retour de ses trois compagnons : Justin traînait un garçon dont le bras pendait lamentablement, elle fronça les sourcils lorsque Sébastien lui tendit un bijou : « Vérifie dans le dossier que Bryan t'a envoyé «. Elle s'exécuta : « on lui a bien dérobé une bague, murmura-t-elle, il lui avait acheté une pierre bleue pour leur mariage mais comment peut-il l'avoir ? » Justin assit le môme et lui tendit un verre d'eau.

—Celui qui l'a tuée l'a payé pour se faire arrêter, une fausse enquête, on le libère, on classe l'affaire, il n'a pas vendu le bijou, encore heureux : une épaule démise en voulant grimper sur le toit. Tu as trouvé des choses intéressantes ?

Elle se croisa les mains derrière la nuque : « Je dois appeler mon père, vous avez quinze minutes ? »

Florian Fischer après avoir pris en note réfléchit quelques minutes : il lui fallait plus que des racontars de vieilles bonnes femmes ou d'un camé pour monter un dossier crédible. Le consul devait en savoir davantage : qu'est-ce qu'il voulait ? un autre poste ? cela semblait légitime en effet. En échange de son témoignage écrit bien sûr. Autre chose … elle avait bien compris ? qu'elle soit très prudente surtout. Après un rapide compte-rendu de sa conversation, il fut décidé que Beatrix et Justin se rendraient au consulat, et Sébastien amènerait leur blessé se faire rafistoler : « et s'ils le reconnaissent ? « objecta Beatrix. Justin haussa les épaules : » tous sont en réunion sauf Bryan à qui je viens de faire passer le message : tu es pâle. Tu étais prévenue que l'on mettait les pieds dans le sordide. «

—Il ne me fait plus confiance, après …

Justin lui mit le bras autour de l'épaule : « après, c'est après. Viens, on va fricoter avec le consul. »

Alan examinait une gamine qui avait une méchante plaie au genou : il sursauta en entendant la voix de Sébastien « Il y a quelqu'un ? on a un blessé. ». Il acheva le pansement et l'aperçut qui soutenait un jeune type dont le bras pendouillait.

—T'es tout seul ?

—Apparemment, ils sont en assemblée : les questions de budget ou je ne sais quoi. Qu'est-ce qui lui est arrivé ?

—Il s'est cassé la figure en tombant d'une échelle.

Alan eut un sourire en coin : « Il s'est retenu au dernier barreau ? «

—Exactement, tu es vachement » pro ». Tu peux lui filer une pastille à dodo quand tu auras bricolé ?

 Le blessé avait les yeux figés sur l'alliance que portait Bryan autour du cou et terrorisé se mit à hurler qu'il ne voulait pas mourir.

—C'est bon, maugréa Alan, tu ne vas pas nous faire un caprice : tiens-le, il gigote. Voilà, un petit crac, une bande et au lit : avale pour faire de jolis rêves.

 Sébastien s'assura que son zozo tombait dans les vaps puis lui proposa une bière. Assis sur un lit vide, ils savouraient la boisson , quand Sébastien rompit le silence : ils ne se connaissaient pas beaucoup mais il pouvait lui donner un conseil ? Bryan avait machinalement tourné son alliance : « me méfier des autres, je sais … dis à Beatrix que je m'excuse : c'est dur de ne pas savoir, de ne rien pouvoir faire. Dis-lui s'il te plaît ».

« Ce sera encore plus dur quand tu sauras, songea Sébastien en achevant sa bouteille.

—Ok, en fait , si elle t'a prévenu, je n'ai rien à ajouter.

Edgar Morin n'avait pas nié avoir eu vent de ces victimes : ce genre de pratique relevait de superstitions locales dont le pouvoir se servait pour assoir son autorité mais il ne s'agissait pas de ressortissants français. Justin se gratta le menton : il accepterait de témoigner par écrit ? Morin hésitait , peut-être mais ...

—A condition que vous soyez loin quand l'affaire va éclater , compléta Justin . Si je vous assure que ce sera rapide , vous jouez le jeu ?

Le consul préférait une confirmation écrite : dans ce cas, il rédigerait son rapport. Beatrix composa le numéro de son père et lui tendit son portable puis s'éloigna pendant une dizaine de minutes. Morin arborait un large sourire : « poste à Copenhague, je reçois l'arrêté officiel dans deux jours, Copenhague vient de confirmer : le rapport ? oui, je m'en occupe ».

—Tout de suite, déclara Beatrix , sinon, on annule.

Il se mit au travail, leur montra le document qu'elle relut attentivement.

—Parfait, votre avion décolle dans cinq jours , compléta Justin : nous nous reverrons à l'aéroport, nous en aurons fini avec ce pays.

Dans la voiture, Beatrix consultait ses messages :
« Alan a demandé à Sébastien de me dire qu'il
s'excusait, chuchota-t-elle, il regrette ». Justin lui jeta
un coup d'œil, elle était rose de plaisir, si cet
imbécile passait à côté, il lui montrerait ce qu'elle
allait faire pour lui, risquer sa peau tout simplement.
Le chef de la sécurité les attendait, la table était
dressée et signe de sa satisfaction, l'épouse était
invitée à prendre part à la collation. « Les affaires
reprennent » pensa Beatrix qui eut un élan d'amour
pour son père : ce dernier avait envoyé au chef un
message encourageant : « Les rapports que m'ont
fait parvenir mes associés sont pour le moment
rassurants et seront communiqués à l'entreprise. « Il
n'avait pas signé. A-t-elle de jouer, et de trouver de
fichues preuves. Dommage pour la fille en face d'elle
qui, les yeux baissés, n'osait pas manger. Leur hôte
jacassait sur l'avenir de ce pays, sur ses ressources
naturelles et humaines. Beatrix se leva, elle aimerait
se rafraîchir : « Oui, bien entendu, nous sommes en
saison sèche, je vais faire installer un climatiseur, en
haut seconde porte à droite ». Justin lui avait dessiné
un plan juste après leur première visite : rez de
chaussée : le salon salle à manger, et la cuisine,
étage : trois chambres, un bureau et une salle de
bains.

Le cœur battant, elle pénétra dans le bureau,
l'ordinateur était verrouillé, mais deux placards

recélaient des dossiers : « je n'y arriverai pas, ils sont trop nombreux «, se dit-elle en sentant la panique la gagner. Elle fouilla les tiroirs en vain puis réfléchit : si leurs déductions étaient justes, les preuves devaient être dans un lieu plus sûr, peut-être dans une chambre, pas dans une pile exposée aux yeux de tous. Les chambres ? Une main se posa sur son épaule : prise en flagrant délit : le sol se dérobait lorsqu'une voix très basse lui demanda « qu'est-ce que tu veux ? » Elle se retourna : la jeune mariée l'examinait : sa première réaction fut de s'étonner qu'elle parle le français puis elle lui décocha son sourire de gamine surprise en train de manger du chocolat en douce : « les toilettes, je suis indisposée, tu parles le français ? » Son interlocutrice mit un doigt sur ses lèvres : « Si je te donne ce que tu cherches, que va-t-il arriver ? »

 Beatrix la considérait : quel âge pouvait-elle avoir ? Dix-sept ans au plus. « Négocie, commence par savoir ce qu'elle veut, elle « aurait sans doute conseillé son père ou Justin : le temps pressait :

—Et toi ? que désires-tu ?

—Revenir chez mes parents, chuchota la jeune femme.

Elle avait commencé à lever sa robe, elle l'arrêta d'un geste : « J'ai compris, tu sais ce que je veux ? « Un hochement de tête.

—Bien, tu iras chez tes parents dans deux jours : c'est possible ? Il ne pensera pas à toi, ça, je te le promets.

Derrière une commode, la fille enclencha une serrure et en sortit un dossier puis un flacon de liquide rouge foncé avec une étiquette dont le nom ne la surprit pas. Mécaniquement, elle prit des photographies sur son portable, sa guide lui tendit un mouchoir : elle fit couler deux gouttes de sang. Des pas retentirent dans le couloir. Très vite, le tiroir se referma, elles se turent, retenant leur respiration. Les pas s'éloignèrent. Justin tenait le crachoir au chef de la sécurité qui s'épanchait sur les obligations du pouvoir et la nécessité de mener le peuple par la contrainte comme les femmes et les enfants. Il approuvait tout en regardant discrètement sa montre : Beatrix réapparut, confuse « une indisposition féminine l'obligeait à écourter leur visite «. Il hocha la tête, preuve de la fragilité des femmes mais se garda de lui serrer la main : impure, pensa-t-elle avant de rejoindre Justin.

—Il est temps de mettre Alan au courant.

—De tout ? demanda-t-elle inquiète.

—Garde une carte dans ton jeu.

 Florian Fischer enverrait un rapport défavorable à la multinationale dès leur arrivée à Paris.

Chapitre treize

La nuit allait tomber : Sébastien attendait Beatrix et Justin en se rongeant les ongles quand un message s'afficha : « Tout est ok, il faut prévenir Bryan. »

Alan avait mis son patient réveillé à la porte : ce dernier l'avait encore supplié, il ne voulait pas mourir : « Bon sang ! s'était-il énervé, tu ne vas pas crever pour un bras tordu, fiche le camp ». L'autre n'avait pas demandé son reste. Les heures ne passaient pas, aucune nouvelle des juristes. Anne et Judith, surexcitées, vinrent interrompre ses réflexions : « Figure-toi que leur rapport est favorable : le chef de la sécurité nous a appelés : incroyable ! on va pouvoir continuer. » Il masqua son dépit par un sourire : « super ! on a encore du boulot «. Mais que fichaient donc Beatrix et son père ? on était à des années lumière de résoudre le meurtre d'Esi : elle allait devoir lui fournir des explications solides. L'idée qu'on l'avait mené en bateau depuis le début le hantait : le contrat avec cette multinationale représentait un paquet de fric et l'avocat d'affaires n'avait pas lâché pour une fille assassinée ; le mensonge de Beatrix, sa froideur avant leur séparation dressaient une barrière infranchissable entre eux et quoi qu'elle fasse désormais, elle n'était plus pour lui qu'une tricheuse. Un message s'afficha juste au moment où il allait l'appeler et lui dire ce qu'il pensait : « Fichier joint Beatrix ». Il se réfugia dans sa tente.

Le premier dossier concernait son association, avec un descriptif détaillé de chacun de ses membres : Clarisse Gentrin, originaire d'une famille parisienne, avait fait des études d'économie à Paris. Célibataire, âgée de quarante-trois ans, elle dirigeait l'association depuis un peu plus d'un an. Jean Mimier, adopté à l'âge de deux ans, originaire de ce pays, avait interrompu ses études de chirurgie en première année : âge : vingt-sept ans. Il n'était donc pas allé jusqu'au bout ce qu'il avait plus ou moins pressenti en l'observant. Daniel Lans, originaire de Montpellier, âge vingt -trois ans : pas de diplôme validé, deux ans de fac, échec puis plus rien. Décidément… les deux dernières : Anne Delcroix, âgée de vingt-cinq ans, née à Arles, diplômée infirmière, célibataire, Judith Musard, vingt-six ans, née à Arles elle aussi : diplôme de … secouriste ? Tous avaient deux points communs, ils avaient intégré l'association au moment de sa création et avaient une formation incomplète. Le document analysait les statuts de cette association : rien de notable, à l'exception dans les comptes de versements de donateurs anonymes que l'un des juristes avait entourés. Le second fichier portait sur la politique du pays : deux gouvernements successifs : le premier avait tenu un peu plus de dix ans, nommé » progressiste «, renversé par un coup d'état : le nouveau parti « démocrates du peuple «

n'avait pas lésiné sur les purges. Quatre sites d'extraction minière avaient été concédés à cette multinationale évoquée par Beatrix, on en prévoyait deux de plus dans des régions plus reculées. Le taux d'alphabétisation était quasi inexistant comme les structures sanitaires. Un organigramme présentait les membres du pouvoir : le nom du chef de la sécurité était entouré : il méritait une fiche personnelle : études d'économie à Paris, et il tilta, de 90 à 94, âge quarante-trois ans : le lien avec Clarisse ? se dit-il. Possible. Mais les autres ? il en était là lorsque Judith pénétra dans sa tente avec un plateau repas : il éteignit le portable.

—Alan, dit-elle d'un ton mielleux, tout le monde comprend que c'est difficile pour toi mais tu ne dois pas rester isolé. Cela ne la fera pas revenir.

 Il la regardait ouvrir la bouteille de soda avant de s'assoir sur le lit avec l'intention de s'incruster ; il la gratifia d'un « sympa, je vais faire un effort, merci pour la bouffe, si tu allais t'occuper des patients ? « qui la mit en déroute. Il ferma la toile de tente par deux épingles à nourrice et se remit à potasser l'enquête menée par Beatrix et ses compagnons. Deux rapports du consul suivaient : le premier certifiait que la demande en mariage n'était jamais arrivée, le second la véracité des meurtres rituels, spécifiant que ceux-ci avaient déjà été signalés sans obtenir de réaction des autorités françaises.

 Une angoisse sourde lui fit interrompre sa lecture, il but un verre d'eau, respira à fond et reprit son étude :« meurtres rituels : pratiqués avec mutilations, éventuellement prélèvements d'organes et sacrifices, ils font écho à d'antiques superstitions : on dénombre six meurtres associés à ces pratiques, cinq jeunes femmes et un enfant. Les dirigeants, parfois persuadés de leur efficacité, exploitent la crédulité du peuple pour affermir leur pouvoir. Les victimes sont des jeunes femmes, plus rarement des enfants, désignés pour des particularités physiques ou intellectuelles ». « On avait joint des photos de cinq victimes, manquaient celles d'Esi. L'atroce vérité commença à faire jour dans son esprit : faisait-elle partie de ces sacrifices ? le compte-rendu de l'enquête livré par le chef de la sécurité était annoté : « erreur au niveau des horaires : la police date la mort de quatorze heures et arrête un suspect à la même heure. L'interrogation du suspect traduite par Éric révèle que ce dernier a été payé pour une inculpation sans fondement. Deux photographies étayaient le fichier, il reconnut le type au bras amoché et la bague d'Esi, sa bague de fiançailles : salaud, il aurait dû lui couper le bras , puis il se calma , alluma une cigarette , poursuivit : les deux vieilles réfugiées avaient décrit à Éric les préparatifs de

l'enterrement d'Esi : la gorge serrée, il se contraignit
à lire jusqu'au bout : le corps était sali de poussière ,
l'excision avait été pratiquée , elles avaient noté un
trou dans le bras gauche et une coulure de sang .
Tout s'était déroulé sous surveillance. Le gardien
avait procédé à l'enterrement : personne n'était là. Il
ferma les yeux : sa petite épouse mutilée, victime
d'un de ces meurtres rituels, il étouffait : qui était le
coupable ? A quoi servait ce rapport sauf à lui faire
davantage de mal ?

 Beatrix contemplait le plafond pendant que Justin
préparait du café. Sébastien arriva, tendit son
portable « Alan «.

—Prends-le, dit-elle avec lassitude, je ne suis pas là .

 La voix de Bryan était plus que rageuse : il exigeait
de connaître le nom de cet assassin, on lui devait.

—Et vous allez mettre combien de temps ? tu me
prends pour un imbécile ? passe-moi Beatrix.

—Elle est absente : un dernier problème à régler
avec Justin.

—Un dernier problème ? mais le seul à régler est de
le faire payer : vous vous en foutez peut-être mais
pas moi.

Justin lui écrivit en gros sur une feuille « décris ce qui va se passer ».

—Bryan, c'est compliqué, très, tu peux me laisser finir ? dans une semaine, le gouvernement tombe après que Fischer a envoyé à l'entreprise un avis défavorable. Nous avons un billet d'avion pour toi dans quatre jours : le consul assure notre protection en cas de problème.

—Mais je m'en fous ! qui a fait ça à Esi ? il va s'en sortir cette pourriture ? Je ne prends pas l'avion, rien à faire.

—Tu n'as pas compris ? N'appelle plus si c'est pour nous balancer des conneries.

Justin examina Beatrix, elle était épuisée, il annonça qu'il allait faire un petit tour.

Il avait entrouvert la toile de tente de Bryan : les autres dormaient paisiblement, dans la quiétude de l'avis favorable. Il n'avait pas bougé à son arrivée, assis sur le lit, tournant son alliance machinalement.

—Qu'est-ce que tu viens faire ? me rapatrier ? C'est hors de question. Je finirai le boulot seul.

Justin sortit deux bières : c'était inutile, tous étaient impliqués : le chef de la sécurité, un ami de fac de

Clarisse, qui lui réservait les victimes dont sa femme, raison pour laquelle elle n'avait jamais envoyé les formulaires au consulat, Jean qui avait des comptes à régler avec le régime précédent, Daniel et les deux pétasses s'étaient paumés : échec des études pour le premier et Judith, Anne avait reçu un blâme avec interdiction d'exercer pour faute grave. Ils avaient sauté sur l'occasion pour se refaire un cv, et s'étaient retrouvés embrigadés dans l'histoire ; pas un ne serait intervenu, ils y auraient laissé leur peau. Sa candidature inespérée avait confirmé le sérieux de l'association, vraisemblablement financée par le pouvoir à qui elle permettait de sauver les apparences entre autres. En gros, cela avait dû se passer comme ça : Jean l'appelait pour une césarienne, on amenait Esi dans la seconde maison, là où il avait retrouvé la perle, on procédait au rituel et au reste puis deux flics, prévenaient Clarisse ; le corps était resté sur place jusqu'à ce que dans la fin d'après-midi, deux vieilles s'en chargent puis une parodie d'enquête avec un faux inculpé pour qu'on n'y voie que du feu, en échange il obtenait la bague.

 Son interlocuteur releva la tête : « Tous, murmura-t-il, mais celui qui a ... «

—Le gardien, introuvable depuis ; les deux vieilles ont remarqué qu'elle avait dû être droguée avec une tisane locale : des traces brunâtres autour des lèvres qu'elles connaissent bien. Tu n'as pas pu procéder à la reconnaissance du corps mais elle avait des perles nacrées dans les cheveux.

 Son interlocuteur s'était pris la tête entre les mains, puis d'une voix éteinte le questionna :

—Mais pourquoi elle ?

 Justin prit une gorgée de bière : » Esi signifie « droit du sang » jeune, belle comme les autres victimes : le sacrifice rituel assure au chef une sorte de prospérité, voire de légitimité : l'enlever à un mari français, et …

—Attendant notre enfant ?

—Garantie de fécondité. Navré, mais vierge, elle aurait subi le même sort. On est dans un autre monde, Bryan, en dépit des apparences. En même temps il maintient le peuple dans la peur, vieux comme le monde. Dans quelques jours, ce sera le chaos : plus d'extraction plus de pouvoir : le chef et ses sbires seront probablement exécutés. Tu as le choix : ou tu rentres avec nous ou tu restes et tu es pris dans le tourbillon : les rebelles ne feront pas dans la dentelle. On demandera l'extradition de Clarisse et des autres ; tu vas recevoir un message de ta sœur : ton père est au plus mal : ce sera le prétexte pour rentrer sans attirer l'attention. Beatrix s'en est chargée. Réfléchis bien. Voilà ton billet. »

Après le départ de Justin il réprima l'envie de se rendre dans la villa du chef ou de réveiller ses collègues, de hurler son désespoir. A quoi cette enquête avait-elle abouti ? A le blesser davantage, il envoya un texto à Beatrix : « J'aurais préféré ne rien savoir : tu n'as fait que me rendre plus malheureux encore. Félicitations : ton père sera fier de toi. Alan ». Quatre jours de comédie à accomplir le quotidien, tout en se tenant à l'écart des autres, de nuits à ressasser. Le dernier soir, il se rendit sur la tombe et demeura longtemps à leur parler de son amour, de ce qu'ils auraient pu vivre ensemble, promit qu'ils seraient vengés. Au retour, Anne l'attendait : « les juristes fichent le camp ! bon débarras, surtout la jeune fille de bonne famille. Leur rapport est positif ! On va pouvoir continuer. » Il la regarda, ses yeux brillaient de plaisir ...

Beatrix s'était assise, le regard perdu, vidée. Sébastien lui avait entouré les épaules : « Mon père fier de moi, avait-elle répété plusieurs fois, il a écrit que mon père serait fier » il l'avait consolée du mieux qu'il avait pu, encore quelques jours et tout serait terminé.

—Oui, tout sera terminé, avait-elle repris en écho.

Le consul et sa secrétaire les attendaient : une affaire de famille urgente avait servi de prétexte à leur départ. Quant aux juristes, ils avaient envoyé un message équivoque au chef de la sécurité : « Mission accomplie, merci de votre accueil «. Celui-ci, rassuré, avait filé en week-end comme prévu. Justin s'était assuré que la jeune épouse se trouvait en sécurité chez ses parents : ces derniers la cacheraient le temps que l'affaire éclate : ni eux ni leur fille n'avaient eu le choix, et l'époux modèle profitait de l'indisposition supposée de sa femme pour se rendre chez une de ses maîtresses. Alan avait bien reçu un mail de sa sœur « papa au plus mal, reviens vite. On a besoin de toi. Sylvia ».

Alex avait lu le message de Beatrix : « Affaire compliquée ; il faut qu'Alan rentre sous le prétexte de l'état de santé de ton père ». Sylvia avait d'abord refusé : enfin, c'était quoi cet imbroglio ? elle voulait encore l'embobiner pour le plaquer ? Alex se rongeait les ongles : « je vais appeler Florian Fischer » déclara-t-il. Une demi-heure plus tard, il était revenu, décomposé : « Ecris ce mail et vite ou il ne reviendra jamais ; je vais t'expliquer ». Quand il eut terminé, elle s'assit : « Pourvu qu'il ne fasse pas sa tête de mule ! «

Beatrix guettait le poste de contrôle : l'employé n'avait fait aucune difficulté pour les laisser sortir d'autant plus que la présence du consul l'intimidait. Alan arriva au dernier moment : le type examina ses papiers, elle serra la main de Justin, un coup de téléphone, puis un sourire : on lui avait rendu son passeport. Pendant le trajet, il s'était assis à distance, sombre. Pas une fois, il ne daigna tourner la tête vers eux. Beatrix, stoïque, s'absorbait dans le compte-rendu de leur mission. « Il est sous le choc, la consola Séb, et mieux vaut qu'on ne le voie pas avec nous : parmi les passagers, gageons que plusieurs sont des partisans du régime en place ». Elle était demeurée muette. Son père les attendait à l'arrivée, Alan Bryan s'était dirigé vers sa sœur sans même un regard pour elle.

Dans un récit entrecoupé de silences, il avait expliqué à Alex et Sylvia qu'Esi avait été mutilée avant d'être assassinée, un crime rituel. » On m'a dit qu'elle avait été droguée, mais est-ce que je peux me fier à eux ? Cela fait déjà une semaine qu'on est rentrés, et aucune nouvelle d'une révolution qui renverserait ces salopards. Si ça se trouve Fischer s'est débiné, et a enterré l'affaire : tu parles ... le contrat avec la multinationale doit être sacrément juteux, il ne va pas rater l'occasion pour la mort d'une inconnue. »

—Une semaine, ce n'est pas long, remarqua Alex : le temps que cela soit divulgué, les révolutions ne se font pas du jour au lendemain : prenons l'exemple de celle de 89, après la prise de la Bastille ...

—Tu nous épargnes ton cours d'histoire, le coupa Sylvia : ma mère meurt d'envie de connaître la différence entre art roman et gothique.

—Je lui ai déjà expliqué vingt fois : le roman c'est rond, le gothique pointu. Pas compliqué. Bref, Alan, tu es dur avec Beatrix : elle a accompli ce que tu voulais : trouver les coupables.

 Ce dernier s'en foutait, sa vie allait à la dérive. Il allait se balader. Alex échangea un regard avec Sylvia : avec Alan, c'était tout ou rien.

 Il déambulait sans but : il faudrait bien reprendre le travail, mais il n'avait plus le courage : quelque chose s'était cassé avec la mort d'Esi. Le vent soufflait, il luttait pour avancer, l'esprit torturé par son épouse abandonnée si loin avec leur enfant.

 Lorsqu'il rentra, tout le monde était scotché devant les infos : « Urgent : coup d'état : le président, le chef de la sécurité et les principaux dirigeants ont été exécutés ce matin à l'aube : sordide affaire d'homicides rituels, une organisation humanitaire est impliquée : des ressortissants français sont en fuite. L'extraction du minerai a été arrêtée depuis quatre jours : le pays est au bord du gouffre. Les exactions se multiplient. Le consul de France a témoigné de l'horreur de ces crimes, mélange de superstitions et de manipulation d'un peuple asservi. Les documents sont accablants « La présentatrice au sourire éclatant de blancheur était passée aux résultats du loto.

—On ne mentionne pas Fischer et Beatrix, commenta Alex. Je note les numéros du loto, je ne joue pas mais ça me donne une idée de ce que je pourrais faire si j'avais gagné.

 L'affaire occupa la une des informations puis s'estompa pour de nouvelles histoires : ainsi allait le monde. Il se sentait étranger non seulement aux préoccupations de ses compatriotes et de sa famille mais aussi à son travail : conscient que son esprit était hanté par les souvenirs de son épouse de quelques mois, de cet enfant qui ne naîtrait jamais, il n'imaginait pas avoir l'énergie pour reprendre un poste dans un service hospitalier. Sans conviction ni regret, il obtint une place dans un dispensaire : le travail était facile, et s'il pressentait un problème plus grave il dirigeait vers un centre spécialisé ; la routine de son emploi du temps l'endormait dans une torpeur comparable aux effets lénifiants de certains psychotropes. La sensualité avait disparu elle aussi, il contemplait les femmes avec une indifférence d'eunuque. Toutes les trois semaines, il se réfugiait dans l'atmosphère familiale, où les petits détails insignifiants de l'existence, un robinet à changer, le prix des carburants, maintenaient cet état quasi léthargique où il se complaisait : le bavardage insipide de sa mère sur la qualité des primeurs, la préoccupation de son père pour une tondeuse à gazon recouvraient d'une pellicule grisâtre le souvenir d'Esi. Quand elle apparaissait parfois, de moins en moins, son visage meurtri, les tortures qu'elle avait endurées, la lui rendaient infiniment plus précieuse : elle appartenait à un univers de cruauté inimaginable, sacrifiée pour ses idées de tolérance et de liberté.

 Une assignation à comparaître comme témoin au procès de Clarisse et de ses ex collègues le tira du marécage où il s'enfonçait inexorablement. Sa première réaction fut que Beatrix ou son père avait donné son nom. Beatrix prit la place d'Esi : elle apparaissait au moindre détour de ses pensées : il la haïssait d'autant plus qu'elle l'obsédait mais pour rien au monde il ne l'aurait avoué. Sa seule femme avait été Esi et son martyre la lui rendait plus chère encore, Beatrix ne comptait pas, ne devait pas compter, même si son image s'imposait. Il avait discuté avec Alex :

—Tu es en colère, avait déclaré Alex, c'est normal mais tu la prends comme bouc émissaire, que tu ne sois plus amoureux …

—Je ne l'ai jamais aimée.

—Si tu veux. Drôle d'idée de s'engager dans une association sans se renseigner sur le pays, tu pourrais aussi te remettre en question ; en tout cas, je serais toi, j'irais remercier. Pas beaucoup se seraient aventurés là-dedans vu que tu lui as signifié que c'était terminé entre vous.

 Il n'était pas convaincu : il irait chez Fischer mais pour savoir d'où venait cette assignation comme témoin. L'avocat l'avait reçu froidement dans un bureau somptueux à Versailles : Beatrix était à un séminaire dans le sud de la France. Ni lui ni sa fille n'y étaient pour rien : son nom avait dû apparaître dans les statuts de l'organisation. Il avait eu une hésitation puis s'était excusé : « je ne vous importunerai plus. » Après son départ, Fischer était demeuré songeur : de témoin à inculpé de complicité passive, il n'y avait qu'un pas et il serait vite franchi : les esprits s'échauffaient, on cherchait des coupables, à défaut des complices. Il avait trop sondé la malignité des hommes pour ne pas pressentir que les membres de l'association le chargeraient, et sa position de spécialiste le desservirait : si Clarisse et Jean ne pouvaient guère plaider l'ignorance des crimes rituels, il n'en était pas de même pour Jean et les deux infirmières : ils clamaient leur innocence, on les avait abusés, la preuve en était qu'Alan Bryan, pédiatre expérimenté dans l'humanitaire, s'était fait avoir. On déballerait son mariage fictif, sa naïveté, et de là à le soupçonner d'avoir livré Esi, il n'y aurait que quelques pas à faire ; dans le meilleur des cas, sa carrière était ruinée. Sa venue l'avait surpris : obsédé par la rupture brutale de sa fille, Alan Bryan ne songeait pas une minute que ses ennemis n'étaient pas ceux qu'il croyait. En ce sens, sa fille avait échoué à payer son comportement d'enfant gâtée que lui-même, aveuglé par la paternité, avait encouragé. Or celle-ci avait un regard perdu depuis son retour : elle luttait contre ses sentiments, se plongeait dans le travail, s'étourdissait dans le compte-rendu du séminaire. Il n'était pas dupe : lui dissimuler la visite d'Alan Bryan n'était pas la meilleure option. Il la rejoignit dans sa chambre : elle avait gardé le verre de sable dont il s'était toujours demandé la signification mais le chat de David Fontane avait disparu depuis longtemps. Elle lisait ou faisait semblant de lire. Autant aborder le sujet le plus préoccupant :

—Alan Bryan est venu hier après-midi, commença-t-il prudemment, je me demande si tu dois lui dissimuler une partie de l'histoire. Il a reçu une assignation à comparaître comme témoin.

Elle leva les yeux, se mordit la lèvre inférieure.
« Quelle assignation ? personne n'a cité son nom ou
alors ? ses ex collègues ? on va lui faire porter le
chapeau, c'est bien ce que tu penses ? «

—Malheureusement : ils vont en tout cas
l'impliquer : tout y est.

Elle avait pâli : il s'assit près d'elle : que voulait-elle
faire ?

Lorsqu'il avait reçu un avis d'annulation de son
témoignage, il avait été soulagé : plus il y pensait,
plus il s'était conduit en inconscient : il n'avait pas
pris contact avec le consulat pour l'identité d'Esi,
n'avait jamais signalé l'incompétence de ses
collègues, ni étudié l'état du pays : du grand
n'importe quoi, ce qui était contraire à son
tempérament plutôt scrupuleux. Puis il élimina ce
sujet de préoccupation pour se replonger dans la
morosité des journées.

Ce fut une revue abandonnée par un patient dans
son bureau qui attira son attention : il y était
question de la répression sanglante exercée par le
nouveau pouvoir qui arborait avec une ironie sinistre
le nom de « Progrès et liberté « : un ministre de la
justice déclarait que l'époque des meurtres rituels
était révolue, les disparitions des dernières semaines
étaient le fait de suspects réfugiés sans doute dans la

forêt. « Sûrement « pensa-t-il. Naturellement le politicien déplorait la méfiance des industriels : son pays était riche en métaux rares, et la population avait besoin de ces ressources.

—Docteur Bryan, l'interrompit la secrétaire, vous avez encore un patient.

Il embarqua la revue après avoir prescrit un traitement contre une rubéole à un môme de six ans et dans cette chambre d'étudiant qu'il ne se décidait pas à quitter, observa la photographie de ce ministre : dans un somptueux bureau deux drapeaux s'entrecroisaient : celui de la nation et celui du nouveau parti : ce fut comme un éblouissement. Fiévreusement, il parcourut internet en quête d'informations sur les dernières années : pendant dix ans, une politique de répression impitoyable avait été menée par un parti similaire : autoritarisme, expulsions des fermiers, internement des opposants, corruption et crimes rituels. Le coup d'état avant son arrivée avait répété les exactions avant que ce pouvoir corrompu ne soit renversé à son tour par l'enquête de Béatrix et de ses collègues. Les anciens dirigeants étaient revenus mais, et son cœur battait la chamade, leur emblème était identique au tatouage d'Esi. Était-il possible qu'elle ait été membre de ce parti qui avait exercé la tyrannie pendant dix longues années ? Non, elle était trop jeune. Le dessin ne pouvait être qu'une coïncidence. Le doute le taraudait, il éliminait les indices qui jetaient une ombre sinistre sur son mariage officieux, d'autres preuves venaient le contredire. L'équipe de Beatrix avait-elle deviné ? ne l'aurait-on pas tenu au courant ? Il se serait fait pendre plutôt que de prendre contact avec Florian Fischer : la honte de les avoir soupçonnés d'être les auteurs de cette assignation l'en empêchait. Mais le plus proche de lui ? Sébastien ? il chercha l'adresse et décida d'élucider cette histoire devenue son histoire personnelle.

 Un samedi matin il retrouva l'escalier en colimaçon, la salle d'attente et les bureaux cloisonnés par des panneaux de plastique transparent. Sébastien était occupé avec un couple âgé et lui fit un signe avant de raccompagner les deux clients : « Faites attention à l'escalier, il est raide «.

—Bryan ? que me vaut cet honneur ? Tu as retrouvé tes esprits ?

 L'ironie était méritée mais il alla au but : que savait-il d'Esi ? Seb se passa la main dans les cheveux qu'il avait coupés plus court. Il trifouilla dans un tiroir, sortit une clé USB et fit un double : il trouverait d'abord les mêmes renseignements qu'on lui avait fournis mais la dernière partie lui donnerait des réponses puis après avoir jeté un coup d'œil sur la salle d'attente déserte, il se leva : il allait retrouver sa copine et ses deux gosses.

—Tu as deux enfants ? je n'aurais pas cru.

 Il ferma à clé le bureau : » quatre ans, et deux ans, on attend le troisième, je vais rester tranquille, Aline est fatiguée, elle bosse dans un cabinet d'avocats. «

— Pourquoi la dernière partie n'était pas dans le dossier d'origine ?

—On a complété récemment.

 Il s'était contenté de cette explication, toujours aussi crédule, pensa Sébastien en relisant la liste interminable de courses donnée par sa copine.

 Le père d'Esi avait été un membre influent de l'ex parti, célèbre pour son action contre les dissidents, cynique et superstitieux. : exécuté le lendemain du coup d'état. Sa femme et cinq de ses enfants à l'exception de sa fille aînée, qui se trouvait alors dans le bureau de son père, s'étaient réfugiés dans un pays voisin. L'emblème du parti était un serpent se mordant la queue, celui même que portait Esi. Et les pièces s'assemblaient, composaient le tableau sordide dont il avait vainement tenté de se détourner : après un emprisonnement de quelques mois on avait transféré Esi dans un autre camp de réfugiés, celui à côté du dispensaire : parmi ces derniers se trouvaient nombre de victimes de son père, les laissés pour compte de tous les pouvoirs, ceux qui la considéraient avec répulsion, refusaient de se confier à ses soins. Son sort était scellé et elle devait le savoir : elle serait une cible de choix. Leur liaison s'inscrivait dans une logique de survie : mise à l'écart par Clarisse, elle était venue le trouver une nuit : son sourire quand elle avait pris le drap souillé lui avait semblé un peu étrange mais tout en elle était d'une singularité déconcertante. Ainsi, concluait-il, leur mariage formel, le projet de départ en France avaient pour objectif de se soustraire à la mort. La naissance de leur enfant était calculée dans la même optique. Clarisse avait fait obstacle. Le consulat joignait des certificats d'identité d'Esi, âgée de vingt ans, que l'organisatrice s'était gardée de demander. Que se serait-il produit si ce voyage avait eu lieu ? quoi qu'il en soit, elle l'avait leurré : on ne peut pas être éduquée dans un milieu où les crimes rituels sont banalisés et prôner l'amour de l'humanité. Que n'aurait-elle pas fait pour échapper à ce que son propre père avait pratiqué et dont elle ne pouvait ignorer l'existence ?

 Tout ou rien en effet : Alan était finalement un idéaliste : il avait projeté sur Beatrix puis sur Esi son aspiration inconsciente à une compagne parfaite, mais à la moindre fêlure de l'image cristallisée par son esprit, il n'éprouvait plus que répulsion et ressentiment ; ce romantisme teinté d'érotisme était-il la conséquence de la pratique de la médecine ? ou préexistait-il dans son éducation dominée par le couple inaltérable de ses parents ? Quoi qu'il en soit, Esi devint immédiatement une femme machiavélique, une sorte de manipulatrice abhorrée et par contre-coup Beatrix retrouva un certain angélisme : il se mit à lui écrire.

Chapitre quatorze

 Elle glissait insensiblement dans l'apathie : ce qui la passionnait auparavant l'ennuyait, elle accomplissait son travail avec soin, avait réussi ses examens mais rien ne l'habitait ; Florian revoyait en elle Celia Contini, cette même propension à l'abandon de soi lorsque l'espoir de concrétiser un rêve s'évanouit. Le dernier message d'Alan Bryan avait été fatal, cette stupide déclaration « ton père sera fier de toi » dont Sébastien lui avait fait part, avait touché à vif le traumatisme de ses douze ans. Dans un dernier sursaut d'énergie, elle avait écrit au juge d'instruction pour lui éviter d'être pris dans l'engrenage du soupçon dont elle ne connaissait que trop les rouages. Elle payait cher sa peur de l'engagement dissimulée par un mépris arrogant pour sa proposition de vie commune, plus cher encore son comportement de fille perdue dans la prostitution : d'après ses rares confidences, il en avait eu connaissance et ne lui pardonnait pas : n'apprendrait-il donc jamais que le monde entier triche pour la survie ?

 Il ne s'était pas étonné qu'elle délaisse les lettres de Bryan sans même les ouvrir. Le convoquer pour lui infliger une leçon de réalisme ? Ce serait s'immiscer dans une relation intime et elle ne l'accepterait pas. Par ailleurs, il ignorait où Bryan en était exactement : qu'il ait aimé Beatrix ne faisait aucun doute, mais entre-temps, il avait reporté ses sentiments sur une autre, avait dérogé au principe de ne pas avoir d'enfant : soit la vérité sur Esi l'avait passablement amoché soit il travestissait sa relation en s'apitoyant sur le sort de cette malheureuse victime d'une famille et d'un pays corrompus. Les lettres arrivaient régulièrement tous les cinq jours et s'empilaient sur la table de nuit. Beatrix avait traversé bien des épreuves : surmonterait-elle celle-ci ?

Chaque semaine, il guettait une réponse : plus il songeait à cette histoire, plus il avait la sensation d'une parenthèse sinistre qui n'aurait jamais dû interrompre leur liaison : si seulement il pouvait arrêter le temps au moment précis où ils s'étaient rencontrés, à cet été où tous les possibles s'ouvraient. Au fil des lettres, il se confiait davantage à Beatrix : si les premières traitaient surtout de l'histoire d'Esi qualifiée de carte postale trompeuse, image dont il n'était pas mécontent, les autres exposaient ses regrets de ne pas avoir su poursuivre leur liaison et égrenaient des souvenirs : « j'avais toujours très peur que Julien ne se plante dans le traitement, tu avais trop mal : tu me demandais la nuit mais ça, non. Je crois que je suis très possessif : figure-toi que j'ai été jaloux d'Anselme et de ses cailloux, de Marc, le type de l'île de M., de Justin et aussi de Sébastien. Comment une fille comme toi pouvait-elle s'intéresser à un type aussi inculte et borné qui lui ressassait des histoires de malades ? Lorsque je t'ai amenée dans la maison de convalescence, tu avais l'air si malheureuse : tu as toujours ton lapin en peluche ? Tu sais, après notre première nuit, tu avais un bouton de fièvre : tu vas me traiter de tous les noms mais j'étais très content. C'est la période la plus heureuse que j'ai vécue. Evidemment, je t'ai fait mal, tu m'avais prévenu, mais à cette époque … tu dois faire des contrôles pour les yeux, enfin tu le sais mais fais attention. Tu ne réponds pas : peut-être que tu as un fiancé ? que je t'ennuie ? mais en écrivant j'ai l'impression de ne pas être seul. «

Claudie lui tendit une nouvelle lettre avec un sourire équivoque :

—Quoi ? réagit Beatrix, je n'ai pas envie de lire que mon père doit être fier de moi ou autre bêtise de ce genre.

—Tu devines sans les lire, ronchonna Claudie, j'aimerais bien recevoir aussi des lettres d'amoureux ; tu ne sors pas ?

—Je suis bien où je suis.

—Et tu as de la lecture...

De la lecture ? allons donc ! la dernière fila à la poubelle : ces lettres, elle allait lui rendre et lui dire ce qu'elle pensait. On était samedi soir. Elle se recoiffa, se pinça les joues pour se donner un peu de couleur, enfila la première robe venue et embarqua le paquet de missives. Son père travaillait dans son bureau : elle sortait ?

—Je vais lui dire de cesser le jeu : il est temps d'en finir. Une objection ?

—Aucune.

Claudie ramassa la dernière lettre et la rangea dans un tiroir du bureau, au cas où son entrevue avec cet homme qui la tourmentait prendrait une autre tournure.

Après avoir vérifié l'adresse, elle prit la voiture et se trouva coincée dans un embouteillage : impossible de faire demi-tour : elle n'avait qu'à faire un paquet et lui renvoyer sa prose. Et s'il était avec une fille ? Autant ne pas imaginer la scène. De toutes façons, elle n'éprouvait rien, même son geste familier sur la lèvre inférieure la laissait de marbre. Pas de place naturellement : parking souterrain à cent mètres, au sixième sous-sol : 154, le numéro à retenir pour le retour, le numéro de sa chambre dans cet hôtel mais depuis l'eau avait coulé sous les ponts. Les passants se hâtaient, elle marchait vite et avait trop chaud : le 18, troisième étage ; auparavant boire un jus de fruits et se préparer au pire : « tiens, qu'est-ce que tu fiches là ? Tu n'as pas lu ma dernière lettre ? je t'annonçais que je me mariais, une fille en pédiatrie etc. ... « Il faisait chaud anormalement pour la saison ou c'était elle qui brûlait ? Elle se passa un coup d'eau sur le visage et sur les mains : « moche avec des yeux trop grands et un visage blafard, maigre

aussi : la robe ne l'avantageait pas, de toutes façons,
elle lui balançait ses lettres : « ne m'écris plus « et
c'était terminé.

 Fischer l'avait vu partir furibonde : » enfin, pensa-t-
il, quel que soit le résultat, cela vaut mieux que cette
vie larvaire qu'elle mène depuis son retour »

 Trois étages et sans ascenseur, elle s'arrêta au
second pour respirer, son cœur battait trop vite,
quelle poisse ! et ses yeux larmoyaient dans la
pénombre de cet escalier interminable : où était la
minuterie ? elle tâtonna et appuya sur un bouton :
une porte s'ouvrit sur un petit vieux : « excusez-moi,
je me suis trompée d'étage, enfin de bouton « on lui
désigna un interrupteur et on ferma à double tour.
Déposer le paquet avec un mot « pour le locataire du
troisième « ? Sauf qu'elle n'avait pas de stylo. Elle
frotta ses yeux avec un mouchoir en papier, ils
demeuraient fragiles, et devaient être rouges.

 Il mordillait son crayon devant la feuille blanche : «
Je pense que tu ne veux plus de moi, tu as raison « il
biffa : ne pas encore enterrer la relation. Quelques
jours auparavant, il s'était révélé plus que de
coutume : « Je suis tombé sous ton charme dès le
début : n'objecte pas que nous ne sommes pas faits

pour vivre ensemble, tout est possible, si tu es disposée à me pardonner mon comportement : je ne l'ai pas admis au début, mais sans toi, je n'ai plus de sens. Si tu n'éprouvais rien, tu ne serais pas revenue, n'est-ce pas ? Dis un mot, je n'imposerai aucune exigence etc… ». On sonna. Sa sœur était en début de grossesse, « abominable, se lamentait Alex, elle vomit sans arrêt et elle est d'une humeur massacrante ; tu ne peux pas lui filer un tranquillisant ? » « Non mais à toi, c'est possible ».

 Sur le palier, elle hésita puis appuya très fort sur la sonnette. Eblouie par le contraste entre l'obscurité du palier et la lumière de la chambre, elle clignait des yeux.

—Je n'ai pas trouvé la lumière, enfin si, mais ça s'arrête toutes les deux minutes.

 Il se mit à rire : « économie d'énergie oblige « commença-t-il, pour cacher son émotion, lorsqu'il se prit une claque magistrale :

— Je t'ai ramené tes lettres intactes. C'est tout.

 Il la contemplait : en colère, les cheveux nattés sur le côté, le doigt sur la minuterie, prête à dévaler l'escalier. » Maintenant ou jamais «, se dit-il, en appuyant sur son doigt ce qui illumina le palier et la pièce de son appartement ; un vrai bazar où s'entassaient des piles de livres, de dossiers, un

panier de linge, des packs de jus de fruits pour
bébés.

—Tu ne veux pas entrer ? il croisait son regard, jouait
la carte du séducteur, elle se raidit : bien qu'elle ait
résolu de ne rien lui confier, elle se surprit à lui
dire :« Non, mon père est fier de moi », puis avant
qu'il ne réagisse, elle dévala les escaliers. Il rentra
dans l'appartement : le paquet de lettres le narguait.
De ses pages de regrets, de souvenirs, de promesses,
elle n'avait rien lu. Quel rapport avec son père ? Il
était fatigué, ferma les yeux et s'endormit sans s'en
rendre compte. Le dimanche matin le trouva plus
que déprimé : « terminé, c'est foutu », se répétait-il
en décapsulant un jus pomme cerise sans goût. Il se
doucha par habitude, constata qu'il avait une sale
gueule : elle avait dû être déçue, il mit le vieux tee-
shirt dans le panier à linge, s'assit devant la fenêtre :
qu'est-ce que c'était que cette histoire de père ? il
peinait à mettre deux idées bout à bout. D'habitude,
il lui écrivait mais il se mit à nettoyer frénétiquement
la cuisine où s'amoncelaient des assiettes de purée
collée et des bols incrustés de chocolat. La sonnerie
le tira de l'extraction d'une pellicule de sucre coagulé
au fond d'une tasse. Et si c'était elle ? il se passa un
coup d'eau sur le visage, et enleva le torchon qui lui
ceinturait les reins. Alex, la mine réjouie :

—Enfin tranquille ! Je viens faire la causette entre hommes.

—Entre, je nettoyais à fond .

—Tu as ta petite mine, des soucis avec ton boulot ?

—Non, c'est archi chiant mais je suis à la masse, même pas la peine de mettre un pied dans un service d'hosto : je ne serais pas fichu d'examiner une radio : Beatrix a rompu, samedi, et n'a lu aucune de mes lettres. Comme ça, sans autre explication que « mon père est fier de moi », rien capté. Je te sers un jus pomme banane, pomme poire, pomme cerise ?

 Alex se débattait avec la capsule, qui par miracle se dévissa d'un coup. « Une habitude à prendre, commenta Alan. Tu ne voudrais pas m'aider pour la vaisselle ? je ne comprends pas : je mets à tremper le soir et ça colle. A seize heures, je vais au Lavomatic : c'est assez sympa. Si ça te dit … » Alex examina les fonds de tasses, de casseroles : « il faut un spongex, je t'en ramènerai un ; je vais gratouiller au couteau, et tu finis mais ce ne sera pas nickel «.

—Un quoi ?

—Une éponge métallique, on en a des rondes, des carrées, des ovales. En lots au supermarché, si tu les rinces bien, t'en as pour deux ans.

—Deux ans : où serai-je dans deux ans ?

Dans le Lavomatic désert, ils engouffrèrent deux énormes lessives. « Tu sais, commença Alex, si elle ne lit pas les lettres, ce n'est pas la peine de t'esquinter : elle a passé l'éponge et elle t'en veut. Tu vas te dessécher. « Alan contemplait le linge qui s'imbibait d'eau savonneuse. « J'aime bien quand ça tourne, ça me fait du bien, genre méditation zen. Regarde, on est au rinçage, mon cycle préféré. Avant, le dimanche j'écrivais, le mardi, j'attendais une réponse mais maintenant… et le lundi je mettais à la boîte, au coin de la rue : ne pas se tromper de destination, vérifier le timbre, que ça soit bien collé, toutes ces petites choses qui éclairaient la journée. Le mercredi aussi, j'attendais une réponse vue que si elle écrivait le mardi, ça n'arriverait que le lendemain ou même le jeudi. Le vendredi, je réfléchissais à la prochaine lettre, le samedi aussi : ma semaine était remplie quoi. Pomme banane ? ça te dit ? On me les file gratos.

Alex déclina le jus : son Alan perdait pied, réduit au spectacle d'une lessive, et au jus bébé, quant au reste, mieux valait ne pas y songer.

— Tu n'as pas pensé à te remettre à la recherche, ce n'était pas un projet ? un an d'hosto et recherche sur ???

Un silence accueillit sa proposition : une des machines essorait à toute vitesse.

—Après je fais sécher, c'est long, mais quand on sort, c'est tout chaud. Je plie bien : je suis sur l'achat d'un fer à repasser mais je dois d'abord me documenter, rapport qualité prix, performances : tout ça, tu vois ? Ma mère va me conseiller.

—Ta sœur a fait une collection en tissu indéfroissable mais c'est pour les filles.

—Alors non, je n'ai rien contre le choix mais déjà que j'ai des problèmes, je suis très conscient, alors si je commence à me poser des questions de ce type, non, quoique … tu crois que ça vient de l'éducation ou c'est biologique ?

—Tu as mis quelle température ?

—Quelle température ? Sylvia a de la fièvre ?

—Celle de la machine.

—Je place le bâton, le noir, tu le vois ? là sur les numéros du haut. Pourquoi ?

—Rien, à quatre-vingt -dix, ça rétrécit et ça décolore. Tu as entendu le mot « recherche « ?

Une lueur d'intérêt s'alluma fugitivement dans les yeux vagues : « recherche de qui ? » Avec patience, Alex précisa « Tu voulais faire de la recherche sur un truc, je me souviens plus trop, ça finissait par « ome ». Bryan entassait sa lessive dans le sèche-linge : « Par » ome « ? oui, un prolongement de ma thèse. C'était avant. Quinze minutes deux euros, si je mets quatre, ça fait trente minutes ».

—Tu devrais t'y remettre : tu aurais un but dans la vie : contribuer au progrès, c'est quand même important.

 —Cela mérite réflexion, répondit enfin Alan, et le fer à repasser ?

—Ma mamie dirait que l'un n'exclut pas l'autre.

 L'idée d'Alex fit son chemin, il se remit à son projet un soir de spleen, envoya une candidature le lendemain, acceptée et ne décolla plus de la passion pour l'unique maitresse qui ne mentirait pas trop : la science. Le fer à repasser à vapeur fut rangé dans son emballage après une tentative infructueuse dont sa main gardait la trace cuisante.

 Tout l'été elle s'était ennuyée dans la résidence, rêvassant à une zone interdite, nageant à en perdre le souffle, ou lisant une partie de la nuit. Le seul contact de son doigt sur la sonnette l'avait bouleversée. Chaque semaine, elle attendait une lettre qui ne venait plus. Elle harcelait Claudie :

—Tu es certaine que je n'ai pas de courrier ?

—Tu as un rendez-vous avec Antonin, le fils de…

 Après son coup d'éclat, lui rendre tout son courrier intact, elle avait retrouvé une lettre dans le tiroir : lue et relue, avec le désespoir de celui qui a cassé un bibelot ancien de grande valeur. Il déclarait être prêt à tout pour elle mais désormais son silence équivalait à une rupture définitive : le voir encore une fois, même cinq minutes ? Un coup de brosse dans les cheveux, et elle avisa son lapin en peluche, martyrisé quand elle était malade, le fourra dans un grand sac, écrivit une demi-page qu'elle agrafa sur une oreille : au moins, il comprendrait pourquoi elle n'avait pas lu les lettres à l'exception de la dernière oubliée par hasard.

 Novembre : fin d'automne sinistre, les feuilles jaunissantes pourrissaient en tas boueux. Elle se gara en double file, monta les escaliers à toute allure, la sonnerie retentit, son cœur allait exploser : une fille au visage très fin, avec de longs cheveux bruns apparut : « J'ai tout perdu », pensa-t-elle, en essayant de sourire.

—Mathilde, dit une voix familière, si c'est Alex, dis-lui qu'il n'a qu'à lui donner, il dormira un peu plus longtemps … non, je vais lui en parler, fais -le rentrer.

 L'appartement était soigneusement rangé avec des reproductions de paysages. Il prenait des notes, absorbé puis leva enfin les yeux :

—Ah ! je ne t'attendais pas. Assois-toi, j'en ai pour deux minutes. Mathilde va te servir à boire.

 Glacée par son accueil, elle s'assit sur un tabouret, la fille lui servit un jus de fruit.

—Si je te dérange, je peux m'en aller, murmura-t-elle.

—Deux minutes, d'accord ? c'est compliqué. On va y arriver Alan …. Terminé ! on est bon cette fois.

 Les yeux baissés, elle demeurait immobile quant à l'improviste, elle sourit sans que ce sourire ne s'adresse à quiconque, elle souriait dans le vide, croisant et décroisant ses mains.

—Tu as l'air d'être occupé, je ne vais pas m'attarder, je passais par hasard. Tu travailles pour l'hôpital ?

 Il alluma une cigarette, lui en tendit une, ses doigts aux ongles nacrés tremblaient légèrement autour du briquet. Mais sa présence ne remettrait pas en question son équilibre retrouvé : la recherche l'absorbait, et côté sexe, il papillonnait, histoire de se défouler. Si de temps à autre, elle apparaissait au détour d'une pensée, c'était comme un rêve relégué dans le domaine de l'impossible : jamais il ne s'était confié à une femme avec autant de sincérité, et ses lettres avaient été retournées avec mépris. La conversation languissait :

—Dans la recherche et toi ?

—En principe, je vais être associée à mon père.

—Et tu es contente ?

Sans qu'elle ait eu le temps de répondre, Mathilde revint de la cuisine et l'embrassa sur la joue : « J'ai terminé : demain on se voit : même heure ? Je vais réviser «   Il plaisanta : » Demain, réviser toute la nuit ? cela ne sert à rien : tu ferais mieux de dormir ici « Il ne l'avait pas fait exprès, c'était sorti tout seul, du moins il le croyait mais l'allusion finale avait la saveur amère d'une vengeance tardive, une façon de lui signifier « remplacée , tu ne comptes plus , tu n'avais qu'à me lire , bien fait « et déjà il regrettait pendant que l'étudiante en seconde année de médecine générale qui assurait le ménage en échange de cours , saluait Beatrix puis fermait la porte.

De longues larmes coulaient sur le visage délicat, tout une souffrance retenue depuis des années.

Jamais elle n'avait pleuré ni aux pires heures de sa maladie ou des missions. Son orgueil avait donc abdiqué, le sien se mettait en sourdine devant le désir de la consoler, de l'embrasser longtemps, et plus si affinités et affinités il y avait.

—Tu ne vas pas bien. Qu'est-ce qui cloche chez toi ?

 Dans un verre d'eau, elle trempa un coin de mouchoir et se tamponna les yeux.

— Allez, dis-moi ce qui ne va pas. Tu ne veux pas travailler avec ton père ? tu ne t'entends pas avec lui ?

—C'est un chagrin de petite fille trop gâtée, aucun intérêt.

—Tu éludes, mais on mange ensemble : je suis un super cuisinier. Dix minutes, pas plus.

Lorsqu'il revint, elle avait disparu : cet appartement qu'il avait souhaité le plus agréable possible paraissait vidé de sa substance. Beatrix était celle qui habitait les lieux, leur conférait une aura mystérieuse dont il ne trouverait pas l'origine. Dans un sac de courses, il découvrit son lapin, cette peluche à laquelle elle s'agrippait quand elle souffrait trop : un cadeau ? une façon de lui rappeler qui elle était ? un mot était accroché qu'il parcourut fébrilement : quel crétin ! mais quel crétin ! il n'avait rien compris, rien retenu.

« La première fois que j'ai vu Florian Fischer, j'avais douze ans. David Fontane m'avait amenée aux obsèques de son père… »

Il descendit avec l'espoir fou qu'elle serait là encore, en bas de la rue. Une pluie fine mêlée aux lueurs jaunêtres des lampes de la ville donnait à cette nuit la même tristesse que celle qui régnait dans un couloir d'hôpital. A une centaine de mètres, sous le porche d'une porte immense, témoin d'un autre âge, elle s'abritait, étrangère aux derniers passants, en suspens vers l'autre rive.

—On a embarqué ma voiture, j'étais mal garée, il doit y avoir des bus, prononça-t-elle, l'air absent.

Il s'approcha, lui prit la main, dit doucement pour ne pas l'effaroucher : « Viens avec moi ». Elle l'avait suivi, évitait avec soin les flaques où se miraient les reflets irisés des lumières de la ville : silencieuse, concentrée sur ces éclats brillants contournés comme si elle craignait de briser la magie de ces arcs-en ciel miniatures. De la façon la plus absurde, il avoua subitement : « J'ai deux spongex », confidence capitale qui provoqua un « Deux quoi ? »

—Un pour les plats, un pour les casseroles. Je vais peut-être acheter un fer à repasser.

Un sourire émerveillé accueillit la nouvelle : « Ah ! des grattounettes, c'est très utile en effet, le fer aussi mais il faut bien le choisir ». Il s'aventura dans l'avenir : « Tu m'apprendras : on ira en chercher un demain ».

—Oui, demain, d'accord. Il pleut.

—En effet. On est arrivés.

 Elle avait murmuré : « Tu crois ?

—Je suis sûr, avait-il répondu.

Epilogue

 Celia Fischer Bryan découvrit le monde un an plus tard à six heures du matin. Philippe à qui il l'avait confiée pour l'accouchement lui avait lancé : « Super, je suis partant pour un second ! expédition incluse ». Il avait répliqué par un geste significatif. En ouvrant la porte de la chambre, l'image d'un enfant qui ne naîtrait jamais lui avait traversé l'esprit.

—Elle n'est pas un peu froissée ? avait murmuré Beatrix, aussi en forme que si elle revenait d'une promenade au parc.

Un rire les avait secoués tous les deux pendant que la petite chose lui agrippait le doigt.

 Florian relisait le rapport de Justin Devis que Beatrix ignorait :

« Le matin du trois août, vers neuf heures, Esi a rejoint deux réfugiées dans une maison abandonnée des environs ; le gardien du camp a mis le cadavre d'une jeune femme décédée la veille, après l'avoir soigneusement aspergé de sang de chèvre puis a prévenu Daniel. Clarisse a reçu le flacon comme convenu.

 Esi est restée dans cette ferme avant de gagner la forêt ; le lendemain, très tôt, il a procédé à l'enterrement de l'inconnue. Personne n'assistait aux funérailles expédiées à la va-vite. Le corps méconnaissable avait été revêtu de la robe de mariée, les cheveux nattés de perles nacrées par Esi et deux femmes, membres du régime de son père ; personne ne s'est avisé de reconnaître la jeune épouse, Bryan effondré, les autres trop pressés de se débarrasser du cadavre. Elle a rejoint sa famille après le coup d'état. Sa liaison avec Bryan avait dépassé ses espérances. Elle a accouché à terme d'un garçon nommé Issa. Éric et moi-même avons cuisiné le faux coupable qui a fini par craquer, terrorisé à l'idée d'être l'objet de la vengeance de Bryan. Il a disparu depuis. «

 Fischer examina la photographie officielle de la famille du nouveau chef de la sécurité : à son côté sa sœur aînée, qui maintenait sur ses genoux un enfant aux boucles brunes. Des perles nacrées ornaient sa chevelure. L'emblème du parti formait l'arrière-plan. Son portable lui annonça la naissance. Après quelques minutes de réflexion, il déchira le rapport et la photographie, rédigea un message pour l'entreprise dont il défendait les intérêts, cliqua sur envoi, et se prépara à faire la connaissance de la petite -fille de Celia Contini.

www.ingramcontent.com/pod-product-compliance
Lightning Source LLC
Chambersburg PA
CBHW051947150726
47999CB00004B/1278